Hans Werner Richter

Ein Julitag

Roman

nymphenburger

Satz: LibroSatz, Kriftel
Druck und Bindung: Jos. C. Huber KG, Dießen
ISBN 3-485-00431-6
Printed in Germany

Die Friedhofskapelle ist dicht besetzt, er kennt fast niemanden. Es sind fremde Gesichter, es sind Schweden, die hinter ihm sitzen. Er hat jedem die Hand gegeben, draußen vor der Kapelle, einige ihrer Frauen haben geweint, nun sitzen sie hinter ihm, still, in sich gekehrt, sie müssen seinen Bruder sehr geschätzt, vielleicht geliebt haben, er weiß es nicht.

Alles kommt ihm fremd vor, die moderne Kapelle mit ihren Wandmalereien, alles ein wenig nordisch, nur die einsetzende Barockmusik steht im Gegensatz dazu, italienische Barockmusik. Vielleicht hat sie sich sein Bruder vor seinem Tod gewünscht. In Gedanken sucht er nach dem Namen des Komponisten, er fällt ihm nicht ein. Der Sarg, der drei Meter entfernt vor ihm steht, ist aus hellem Fichtenholz, weiß, gelblich, glatt, die geschnitzten Griffe fallen ihm auf, alles wirkt leicht schwebend auf ihn, als würde sich der Sarg jeden Augenblick erheben, um davonzufliegen, dem Ostseehimmel entgegen.

Das Leben seines Bruders ist immer verbunden gewesen mit dieser Landschaft, mit diesem Meer, mit diesem Himmel. Es hatte sich nur von Süden nach Norden bewegt, von der einen Küste zur anderen, vom eigenen Land in ein fremdes, nur das Meer war geblieben. Nun liegt er hier, in dem Fichtenholzsarg, am Ende seines Weges.
Die Barockmusik berührt auch ihn. Nein, er, Christian Wahl, will nicht trauern, den Tränen nicht nachgeben, die dicht unter der Oberfläche warten, er glaubt den Tod als etwas Selbstverständliches annehmen zu dürfen, ein Ende, das einfach gegeben ist für jedermann. Er will sich nicht erinnern, aber die Bilder der Vergangenheit kommen und gehen: flüchtige Bilder, Farbtupfer mit wenig Farbe, Markierungen eines langen Weges.
Da sind die letzten Jahre der Weimarer Republik, und er, sein Bruder, das Nesthäkchen, vierzehn, fünfzehn Jahre alt, einer, der zu jung ist und doch teilnehmen will an den politischen Auseinandersetzungen dieser Zeit, der hinter ihm hergelaufen ist bei Versammlungen, Demonstrationen, gewalttätigen Auseinandersetzungen: »Nimm mich doch mit, nimm mich doch mit.« Da ist seine Flucht nach Schweden, zwanzig Jahre später, aus der Deutschen Demokratischen Republik. Noch jetzt sieht er ihn vor sich, seinen jüngsten Bruder, wie er das Ruderboot in der beginnenden Dämmerung besteigt, um zu einem Fischkutter hinauszufahren,

der ihn in der Nacht über das Meer illegal nach Schweden bringen soll: Bilder, die sich ineinanderschieben, verschachteln, auftauchen und verschwinden.
Sein Bruder hatte ihn Chris genannt, er hört es wieder, dieses schüchterne, etwas ironische Chris. Es kommt ihm vor, als spreche es jemand aus, der hinter ihm steht in dieser nordischen Kapelle, unsichtbar, abgehoben von den anderen, über ihnen vielleicht. Nun kommt es doch näher, das Gefühl, jemanden verloren zu haben, der ihm sehr nahe gestanden hat, der nicht wiederkommen, dem er niemals mehr begegnen würde.
Er sieht auf die Blumen, die rechts und links neben dem Fichtenholzsarg liegen, Blumen, die in allen Farben leuchten, und sein Blick gleitet von dem Sarg weg zu dem Gesicht der Frau hin, die neben ihm sitzt. Er kann es nur im Profil sehen, die leicht gebogene Nase, die Augenwinkel, die Stirn, den Haaransatz. Sie scheint gefaßt zu sein, gefaßter als er es erwartet hat. Vielleicht beherrscht sie sich nur, beherrscht sich, um den anderen, den trauernden Gästen nicht zu zeigen, wie sehr der Tod ihres Mannes sie bewegt, wie groß und unersetzbar sein Verlust für sie ist.
Sein Bruder hatte sie Christine genannt, obwohl dies nicht ihr wirklicher Name ist, vielleicht hatte er sie so genannt, um sie von ihrer Jugend, ihrer Vergangenheit abzuheben, vielleicht aber auch in

Anlehnung an seinen Namen, Christian, er weiß es nicht genau, es ist nur eine Vermutung.
Es war doch mehr, was ihn mit seinem Bruder verbunden hatte als nur die Familie, die Kindheit, die Jugend, er spürt es in diesem Augenblick stärker als in den letzten Jahren und Jahrzehnten. So viel hatte sich in der Zeit nach dem zweiten Weltkrieg dazwischengeschoben, das Leben in ungleichen Staaten, in verschiedenen Völkern. Sein Bruder war Schwede geworden, aus Verzweiflung an seinem eigenen Land, vielleicht aber auch dieser Frau wegen, die neben ihm sitzt, etwas starr, ohne sich zu rühren, immer mit dem Blick auf den Fichtenholzsarg, auf die Blumen und auf den Altar dahinter. War er nicht gekommen, um sie zu trösten, ihr ein wenig über den Tod seines Bruders, ihres Mannes, hinwegzuhelfen?
Das einsetzende Violinsolo bewegt ihn stärker als er es will, nein, er will nicht einer uferlosen Trauer verfallen, und er legt seine rechte Hand auf die Hand der Frau, die neben ihm sitzt, seiner Schwägerin, der Frau seines Bruders. Es ist wie eine Berührung über die Jahre hinweg, über die Zeiten. Ihre Hand gibt kein Zeichen des Erkennens zurück, sie wirkt auf ihn wie teilnahmslos, kalt, unbewegt.
Das Violinsolo verklingt, ein kurzes Räuspern setzt ein, dann beklemmende Stille, der schwedische Pastor kommt nach vorn, steigt zum Altar hinauf und

beginnt zu sprechen, schwedisch. Christian versteht nicht, was er sagt, nichts von dem, was er von und zu seinem toten Bruder spricht. Es fällt ihm wieder auf, wie karg alles ist, fast ohne Feierlichkeit, er empfindet es angenehm, die Gesten des Pastors, seine Gestalt, seine Art sich zu geben, sie sind ihm fremd und vertraut zugleich, nichts erinnert ihn an ähnliche Vorgänge in seinem eigenen Land. Er ist empfindlich für falsche Töne, für feierliche Worte. Hier sind sie es nicht, er glaubt es zu spüren, obwohl er nichts versteht.
Der Pastor wiederholt seine Predigt, jetzt in seiner Sprache, in Deutsch, fast fehlerlos. Es kommt ihm vor, als spreche er ausschließlich zu ihm, Christian, dem älteren Bruder des Toten. Er versucht sich den Worten zu entziehen, der schwedische Pastor braucht ihm nicht zu sagen, was er empfindet, für einen Augenblick sieht er sich selbst in einem Leerlauf der Gefühle. Nichts scheint ihm mehr Kontakt mit der Wirklichkeit zu haben, weder der Sarg vor ihm, noch die Frau neben ihm, noch seine eigenen Empfindungen.
Alles kommt ihm jetzt wieder schwebend vor, losgelöst, ein ästhetischer Vorgang, hell, luftig, eher fröhlich als traurig. Er sieht zu den Wandmalereien der kleinen Kapelle hin, religiöse Vorgänge gewiß, aber ihre Farben wirken heiter auf ihn, Bekenntnisse zum Leben, nicht zum Tod, zur Vergänglichkeit. Die Trauernden erheben sich zum Gebet, das

der Pastor vorspricht, wieder auf schwedisch. Er kann nicht mitsprechen, hätte es wohl auch nicht in seiner eigenen Sprache getan, es ist lange her, daß er zum letzten Mal gebetet hat, eine Ewigkeit, seine Erinnerungen reichen bis in die Kindheit zurück. Jetzt steht er hier, vor den trauernden Freunden seines Bruders, neben dessen Frau, mit gefalteten Händen.

Die Gemeinde setzt sich, der Pastor segnet den Sarg, wieder erklingt Barockmusik, jetzt offensichtlich von einem anderen Komponisten. Christian kann es nicht unterscheiden. Vier Männer stehen plötzlich neben dem Sarg, junge Männer, zwei rechts, zwei links, sie sind gekleidet, als hätten sie sich für ein Fest zurechtgemacht, schwarze Anzüge, smokingähnlich, schwarze Fliegen auf weißen Hemden. Sie sind, so kommt es ihm vor, aus dem Boden emporgestiegen. Einige Minuten stehen sie regungslos da, schweigend, anscheinend ehrfürchtig vor der Allmacht des Todes, dann verbeugen sie sich, gleichmäßig, eine gekonnte Verbeugung zu dem Sarg hin, vor dem Toten. Wieder hat Christian den Eindruck, der Tod seines Bruders sei etwas Helles, Fröhliches, nichts Tragisches, das Heitere überwiegt, ein heiterer Ernst statt auswegsloser Trauer.

Die vier Männer vor ihm nehmen den Sarg auf. Es geschieht alles ohne Hast, ohne Anstrengung, sie heben ihn auf ihre Schultern und tragen ihn hinaus.

Draußen setzen sie ihn auf die Rampe eines weißen Autos, anscheinend der Friedhofswagen, dann treten sie zwei Schritte zurück, wiederholen ihre Verbeugung und gehen langsam neben dem anfahrenden Wagen her.

Christian geht neben der Frau seines Bruders, er hält ihre Hand, ihre Augen sind trocken, sie weint nicht. Er möchte sie trösten, ein Wort, ein paar Sätze, es fällt ihm nichts ein, alles erscheint ihm zu banal. Er versucht »Christine« zu sagen, mehr zu flüstern als wirklich auszusprechen, es gelingt ihm nicht. Es ist der Name, den sein Bruder ihr gegeben hat, er selbst hat sie nie so genannt.

Der Weg ist mit Kies bestreut, er empfindet es anstrengend, fast mühselig, ihn zu gehen. Die Hitze macht ihm zu schaffen, er spürt den Schweiß auf seiner Stirn, es ist Ende Juli, der Himmel über ihm ist hoch, ein nordischer Himmel, ein paar Windwolken stehen über dem Horizont, und die halbhohen Bäume rechts und links neben dem Weg biegen sich leicht in ihren Spitzen. Der Wind, ein Sommerwind, ein Hitzewind, kommt vom Meer herüber, es muß ein Südostwind sein. Christian denkt es so: ein Südostwind. Er sieht keine Gräber hinter den Bäumen, keinen Friedhof, nur weite grüne Wiesen, umrahmt von jungen, noch nicht ausgewachsenen Bäumen, Erlen vielleicht, und hin und wieder Birken.

Schweigend gehen sie hinter dem Wagen her, der

den Sarg trägt, hinter ihnen ein paar Verwandte, und dann, dicht gedrängt, die schwedischen Freunde seines Bruders.
Es ist ein langer Weg, die Minuten vergehen, zehn Minuten, fünfzehn, noch immer hat der Wagen sein Ziel nicht erreicht. Endlich biegt er links in einen schmalen Weg ein und bleibt stehen. Christian sieht eine Wiese vor sich, sie ist so groß, daß die Bäume, die sie abgrenzen, schon kleiner erscheinen als jene, die unmittelbar am Weg stehen. Das Gras der Wiese ist dunkelgrün. Es sticht sich mit dem Blau des Himmels. Nein, hier kann der Beerdigungsplatz nicht sein. Es gibt keine Gräber, keine aufgeworfenen Hügel, nichts, was auf einen Friedhof hinweist. Die Wiese ist leer, eine einzige große Grasfläche, einem englischen Rasen von riesigem Ausmaß gleich.
Doch der Friedhofswagen bleibt stehen, und der Pastor, der vor ihnen gegangen ist, lädt sie mit einer Geste ein, ihm zu folgen. Sie gehen hinter ihm her durch eine Lücke der niedrigen Hecke, die mit den halbhohen Bäumen abgrenzt, der Pastor voran und dann Christian, der seine Schwägerin immer noch am Arm hat. Erst nach ein paar Schritten sieht er die Gruft, ein rechteckiges Loch, als sei es in den Rasen gestochen, aber es gibt keine aufgeworfene Erde. Nach wenigen Minuten stehen alle Trauernden um die Gruft herum, etwa zehn Schritte davon entfernt.

Christian sieht zu dem Friedhofswagen hinüber. Jetzt verbeugen sich die vier jungen Männer wieder vor dem Sarg und tragen ihn auf die Wiese. Alles geht sehr still vor sich, fast ohne Geräusche. Bald ist der Fichtenholzsarg über dem rechteckigen Loch auf zwei Bohlen gestellt, die Christian nicht sehen kann. Auch jetzt, im hellen, leicht grellen Tageslicht, sehen die vier Männer aus, als hätten sie sich zu einem Fest angezogen. Alles wirkt auf Christian wie ein Puppenspiel. Die vier Männer treten zurück, wieder folgt die gleichmäßige Verbeugung zu dem Sarg hin, dann ziehen sie die Bohlen weg und lassen den Sarg in die Gruft hinunter.
Christian sieht ihnen zu, als sei er nicht beteiligt. Ihre marionettenhaften Bewegungen, ihre artigen Verbeugungen, einstudiert, wahrscheinlich täglich praktiziert, wirken auf ihn festlich heiter, wie alles, was bis jetzt geschehen ist. Er empfindet keine Trauer, aber auch keine Leere, er weiß nicht genau, was ihn bewegt, vielleicht ist es die Landschaft, der sonnige, helle, heiße Tag, der hohe Himmel, die weite Wiese vor ihm, der leichte Südostwind. Für einen Augenblick wünscht er sich, alle Beteiligten trügen helle, leichte Kleider, sommerlich, fröhlich, vielleicht wäre das seinem Bruder viel gerechter geworden.
Ja, er hat ihn geliebt, seinen jüngsten Bruder, dessen Leben so anders verlaufen war als das seine, und doch geprägt von den gleichen Zeitereignis-

sen, den Umbrüchen und Kriegen, den Niederlagen und den seltenen persönlichen kleinen Erfolgen. Doch die Bilder seiner Erinnerungen sind verblaßt, die Bilder der Kindheit, der Jugend, der gemeinsamen Erlebnisse. Nein, er will sich nicht erinnern, nicht jetzt, nicht hier. Er hört den schwedischen Pastor sprechen, es sind nur wenige Worte, eine kurze Predigt, wieder von der gleichen Kargheit wie vorher in der Kapelle. Die Frau seines Bruders geht nach vorn, bis dicht an den Rand der Gruft, sie ist, er spürt es, jetzt ganz mit sich allein, zurückgeworfen in ein einsames Leben, es gibt niemanden mehr, für den sie noch da sein kann und niemanden, der sie wirklich trösten könnte. Auch er ist es nicht, kann es nicht sein, nicht in diesem Augenblick. Stärker als sonst empfindet er die menschliche Begrenzung, den Mangel an eigenen Möglichkeiten: Jeder ist mit sich allein, sein ganzes Leben lang. Der Gedanke kommt ihm trivial vor, er möchte ihn verwerfen, ihn loswerden, aber er denkt: Auch sie war vielleicht immer allein.
Sie steht am Fußende der rechteckigen Gruft, klein, etwas gebeugt, verlassen vor dem weiten Hintergrund der Wiese und der sie in der Ferne begrenzenden halbhohen Bäume, sie zögert, als wolle sie den endgültigen Abschied hinausschieben, verlängern; ein paar Blumen fallen aus ihrer Hand ins Grab, nein, sie weint auch jetzt nicht, sie flüstert nichts, sie sagt nichts. Für Christian bewahrt sie

auch in diesem Augenblick, was so ganz im Gegensatz zu ihrem lebhaften, oft kapriziösen Temperament steht, er findet kein Wort dafür, er kann es nicht bezeichnen, nur dies: Sie wird nichts nach außen von dem sichtbar werden lassen, was sie wirklich bewegt.

Nun geht er selbst nach vorn, als sie wieder neben ihm steht, geht an ihr vorbei, ohne ihren Blick zu erwidern. Ja, sie sieht ihn an, und es ist wie eine Aufforderung: Nun geh du. Er sieht auf den Fichtenholzsarg in der Gruft, der Blumemstrauß seiner Schwägerin liegt darauf, nichts weiter. Er selbst hat nicht an Blumen gedacht. Er möchte seinem Bruder gern etwas nachrufen, aber er empfindet es gleichzeitig als nicht angebracht, vielleicht zu sentimental. So tritt er schweigend zurück und steht wieder unter den Trauernden. Die schwedischen Freunde seines Bruders treten nacheinander an das Grab, fast jeder mit ein paar Worten des Abschieds, der Erinnerung, des Dankes, der Freundschaft. Er versteht nicht, was sie sagen, doch es erscheint ihm alles echt, nicht geheuchelt, sehr viel menschlicher, als er erwartet hat.

Der schwedische Pastor geht als erster. Er verabschiedet sich kurz, sachlich, bevor die Zeremonie ganz beendet ist. Er geht über die weite Wiese davon, zu den fernen halbhohen Bäumen hin, und Christian sieht ihm nach. Der Pastor trägt einen Gehrock, Christian nennt es so für sich, er findet keine andere Bezeichnung dafür. Der Rock sitzt eng auf der untersetzten Gestalt des Pastors, es wirkt auf Christian fast biedermeierlich, biedermeierlich elegant, ein wenig straff, eine Figur aus Ibsens Dramen. Die Gestalt entfernt sich, wird kleiner, der leichte Südostwind fährt in den Schlitz des Gehrocks, klappt ihn auf, bläht ihn weit auf und läßt ihn wieder zusammenfallen. Der Gehrock, ein schwarzer Punkt auf der weiten Wiese. Christian sieht ihm nach, es ist ein Punkt, an dem er sich festhalten kann. Sie berührt ihn seltsam, diese sich entfernende Gestalt, wieder ist etwas von der Klarheit und Heiterkeit da, die er schon in der Kapelle empfunden hat. Der schwarze Punkt verschwindet, die fernen, halbhohen Bäume verschlucken ihn, die Wiese vor ihm ist wieder leer, und es kommt ihm vor, als liefen ihre grünen Gräser von ihm weg über die fernen Bäume hinaus bis an den Horizont.

Der nachlassende Nordweststurm treibt die kleinen springenden Wellen vor sich her durch die Peene, einen der drei Mündungsarme der Oder, treibt sie auf das Achterwasser, auf das große Haff zu, vorbei an Dörfern, Wiesen, weidenden Kühen. Der Sturm hat drei Tage mit immer wiederkehrenden Regenböen angehalten, die Wege, die zum Fluß führen, sind aufgeweicht, lehmig, die Wiesen stellenweise überschwemmt, der Himmel ist mit niedrig hängenden, treibenden Wolken besetzt. Nichts ist, wie es sein müßte. Die Hochzeitsgäste warten in einem Gasthof unmittelbar am Fluß, sie sind mit der Bahn oder mit Pferd und Wagen gekommen, sie haben sich gegen Wind und Wetter durchgeschlagen, wie sie es nennen. Es sind Bauern und Fischer aus der Umgebung. Die Hochzeit soll auf der winzigen, kleinen Insel stattfinden, die inmitten der Peene liegt, eine Insel mit sieben Häusern, strohgedeckt, einer Schule mit acht schulpflichtigen Kindern; eine Fischer- und Bauern-Insel.

Christian Wahl steht in einer Ecke des Gasthofs. Er kommt sich etwas verloren vor. Er kennt niemanden bis auf ein paar Verwandte. Er ist aus Berlin gekommen, er ist jung, jünger als die meisten der Hochzeitsgäste; in diesem Jahr wird er zweiundzwanzig werden. Obwohl er hierher gehört, fühlt er sich doch nicht zugehörig, alles ist ihm zu einfach, zu primitiv, die Jahre in Berlin haben ihn verändert. Vielleicht ist er hochmütig geworden, arrogant, er fühlt sich denen, die hier versammelt sind, um eine Hochzeit zu feiern, überlegen, ohne es sich selbst einzugestehen. Was begreifen sie schon von den Problemen, die ihn beschäftigen: die großen politischen Auseinandersetzungen, die in diesem Jahr begonnen haben, das Heraufkommen einer faschistischen Bewegung, wie sie in Italien schon seit Jahren existiert und gegen die er sich engagiert hat, von den sozialistischen Theorien, die er alle zu kennen glaubt und mit denen er gern in jeder Diskussion jongliert? Für ihn hat die Zeit der großen Krise begonnen, wirtschaftlich, politisch, kulturell. Doch hier, in diesem Gasthof, ist die Zeit noch eine andere, hier hat die Krise noch nicht Fuß gefaßt.

Der feuchte Dunst der noch regennassen Oberkleider, der Schirme, der Mäntel hängt in den zwei niedrigen Stuben, der Biergeruch, der von der überfüllten Theke kommt, alles ist ihm zu nahe, unangenehm. Er gehört, er redet es sich einen Augenblick lang ein, hier nicht mehr her, hat vielleicht nie richtig dazugehört. Er kommt sich verloren vor, allein. Doch dann geschieht etwas, ganz plötzlich, ganz selbstverständlich: Ein Mädchen steht vor ihm, jünger als er, sehr viel jünger, vielleicht sechzehn oder siebzehn Jahre alt, sie lacht ihn an, etwas ironisch, mit leicht verzogenen Mundwinkeln. Sie ist klein, kleiner als er, sie sagt: »Sie sind Christian Wahl, nicht wahr?«

Er zögert einen Augenblick zu antworten, er nickt nur leicht, sagt aber nichts. Plötzlich fühlt er sich unsicher, er, der sich bis jetzt so überlegen glaubte, fern von den Hochzeitsgästen, von den schwerfälligen Bauern, den Fischern, den bäurischen Frauen, jetzt ist er verlegen. Sie gehört nicht hierher, sie ist anders, ganz anders, nichts verbindet sie mit den Menschen hier in dem kleinen Gasthof. Der Sturm, denkt er, der Sturm muß sie hereingeweht haben von irgendwoher. Es vergehen nur wenige Sekunden, nicht einmal eine Minute, er sieht ihr kastanienbraunes Haar, das gelockt, halblang auf ihre Schultern fällt; ihr Gesicht strahlt etwas aus, für das er keine Bezeichnung hat, er findet das Wort ›anziehende Sympathie‹, läßt es gleich wieder fallen. Ihre Augen lassen ihn nicht los. Sie lachen noch immer.

»Sie sind es doch, oder nicht?«

Natürlich, er ist es, er hat doch schon mit dem Kopf genickt, hat sich doch schon zu erkennen gegeben. Warum fragt sie noch einmal? Er versucht eine leichte Verbeugung zu machen, sie gelingt ihm nicht ganz, er kommt sich unbeholfen vor, und er ärgert sich zugleich über seine Verlegenheit. Er benimmt sich nicht so, wie er sich gern gibt, souverän, gelassen, mit dem Anspruch auf Überlegenheit, er sagt: »Ja, Christian Wahl«, als müsse er sich vorstellen. Sie antwortet sofort, sprudelt alles aus sich heraus. Ihre lebhafte Art beeindruckt ihn, es ist keine Nervosität, keine Unsicherheit, die sie zu überspielen versucht, nein, sie gibt sich so, wie sie zu sein scheint, ein kapriziöses Temperament, er denkt es so, vielleicht zu viel Temperament. Er wiederholt noch einmal: »Christian Wahl«, aber er unterbricht sie bereits, denn sie ist schon mitten in der Antwort, mitten im Satz.

»Wie gut. Ich habe es mir gleich gedacht, als ich hereinkam und Sie hier stehen sah. Gott sei Dank. Nun muß ich mich doch nicht mit einem dieser Bauernjungs abfinden. Davor hatte ich Angst. Sie sind mein Tischherr, wissen Sie das?«

Nein, er weiß es nicht, niemand hat ihm etwas Genaueres gesagt, er hat nur gehört, daß irgendein Mädchen aus dem Hinterland kommt, eine Oberschülerin, die kurz vor dem Abitur steht, eine entfernte Verwandte der Braut. Er erwidert und versucht, sich dabei so lässig wie möglich zu geben: »Davon weiß ich nichts. Aber wenn Sie es sagen, wird es wohl so sein.«

Sie macht ihn unsicher. Er spürt es und versucht

zugleich, sich anders zu geben, lockerer. Er sagt: »Dann kann ich wohl auch froh sein«, es soll spöttisch klingen, aber sie fängt den Satz auf und antwortet, wieder mit ihrem Lächeln, das ihm gefällt: »Wissen Sie, worauf wir uns da eingelassen haben? Drei Tage lang sind wir aufeinander angewiesen. Und die meiste Zeit müssen wir nebeneinander sitzen, denn es wird fast immer gegessen, ein Gang nach dem anderen. Hoffentlich wird es nicht zu langweilig für Sie.«
Er könnte erwidern: Nein, neben Ihnen bestimmt nicht; es gehen ihm diese und andere Antworten durch den Kopf, aber er sagt: »Wahrscheinlich bleibe ich nicht so lange«, und möchte den Satz sofort wieder zurücknehmen, es ist der Versuch sich zu distanzieren, jugendlich hochmütig. Er, der Großstädter, gehört ja nicht hierher, es sind nur verwandtschaftliche Gründe, dic ihn zur Teilnahme wenigstens an den Hochzeitsfeierlichkeiten veranlaßt haben. Aber er weiß schon, er wird bleiben, solange er kann. Sie sagt: »Schade«, es klingt nicht, als finde sie seine mögliche vorzeitige Abreise wirklich bedauerlich, sie verschluckt das Wort halb, reicht ihm die Hand hin, sagt: »Karoline Schröder.«
Ein alter Name, denkt er, nicht sehr gebräuchlich in dieser Zeit, aber er paßt zu ihr, sie sieht für ihn wie eine Karoline aus. Er wiederholt den Namen, nur den Vornamen: »Karoline«, und fordert sie mit ei-

ner Geste gleichzeitig auf, mit ihm hinüber zur Theke zu gehen, die von den wartenden Hochzeitsgästen belagert ist. Sie kommen nicht weit, nur ein paar Schritte, in dem niedrigen Raum stehen alle dicht beieinander, sie reden, gestikulieren, lachen, einige sind leicht angetrunken. Sie warten seit ein paar Stunden, und wenn sie noch lange warten müssen, denkt Christian, werden sie alle betrunken sein. Er wird etwas abseitsgedrängt und tritt an eines der Fenster, die zum Fluß hinausgehen, während sie einigen Gästen vorgestellt wird. Er beobachtet sie einen Augenblick lang. Sie benimmt sich jetzt ganz anders als vorher ihm gegenüber, sie gibt sich zurückhaltend, nicht sehr gesprächsfreudig, sie verbeugt sich jedesmal leicht bei jeder Vorstellung. Es sieht merkwürdig für ihn aus, etwas kindlich, als stehe sie Erwachsenen gegenüber, denen sie Respekt zu zollen hat. Es fällt ihm auf, daß sie etwas seltsam Spontanes an sich hat, das sie aber sofort zurücknimmt, wenn sie es für notwendig hält.
Er wendet sich von ihr ab, es ist ihm peinlich, sie zu beobachten, es könnte auffallen, und sieht durch das regennasse Fenster auf den Fluß hinaus. Der Sturm hat etwas nachgelassen, der Wind treibt noch vereinzelte Böen vor sich her, die kleinen, schnell laufenden Wellen sind langsamer geworden, es kommt ihm vor, als sei das Wasser jetzt dunkelblau und nicht mehr grün wie bei seiner Ankunft.

Er weiß, sie werden mit Segelbooten hinüberfahren auf die kleine Insel, wo in einem der Bauernhäuser die Hochzeit stattfinden soll. Auf diese Fahrt warten alle, die hier in dem Gasthof versammelt sind. Jetzt kommt Bewegung in die Wartenden, Unruhe, einige drängen zur Tür, er hört Sätze wie »Na endlich« und »Jetzt geht's los«; er sieht Karoline Schröder nach, die in dem Gedränge mit hinausgezogen wird. Einmal sieht sie sich nach ihm um und hebt die Hand, als wolle sie ihn auffordern, sie nicht alleinzulassen. Aber er bleibt am Fenster stehen, wartet und geht fast als letzter hinaus.
Es sind nur wenige Schritte bis zu dem Steg, an dem die Boote liegen. Einige der Boote sind schon dicht besetzt von lärmenden Hochzeitsgästen. Der Regen hat aufgehört, nur der Wind treibt ihm die feuchte Luft ins Gesicht. Der Boden ist aufgeweicht, alles trieft vor Nässe, Regenwasser läuft vom Dach des Bootsschuppens, an dem er steht. Er sieht den Hochzeitsgästen zu, die in die Boote klettern, und jedesmal gibt es Geschrei und Gelächter, wenn eine der Frauen in ihrem festlichen Gewand leicht ausrutscht oder nur taumelnd ihren Sitz erreicht.
Das zweite Boot hat bereits die Segel gesetzt und gleitet langsam hinaus auf den Fluß. Christian steht noch immer wartend an der Wand des Bootsschuppens, und jetzt sieht er Karoline Schröder wieder. Leichtfüßig steigt sie in eines der Boote. Nein, sie

braucht keine Hilfe. Es fällt ihm auf, wie klein sie ist, und jede ihrer Bewegungen erscheint ihm in diesem Augenblick graziös, vielleicht kapriziös, er kann es nicht genau bezeichnen, es wirkt anziehend auf ihn, sie ist eine hier fremde Erscheinung, was aber wohl nur ihm auffällt. Die Bauern sagen »Mädchen« und »Fräulein« und »Nun, komm schnell« und halten es für selbstverständlich, daß sie allein und gewandt ins Boot springt. Sie setzt sich nicht, sie bleibt stehen und blickt sich um, als suche sie jemanden, eine leichte Windböe bläst ihr die Haare ins Gesicht, und für einen Augenblick ist ihr Kopf in eine Flut von kastanienbraunen Haaren eingehüllt. Christian sieht sie so, er möchte zu ihr ins Boot steigen, aber er zögert und weiß nicht, warum er zögert. Sein Gefühl von Überlegenheit, seine ironische Distanz zu allem, was hier geschieht, ist verflogen, er fühlt sich unsicher, befangen. Doch jetzt hat sie ihn entdeckt, sie zeigt auf die Bank, auf die sie sich setzen will, auf den Platz neben sich, und er geht auf das Boot zu.
Es gelingt ihm nicht, so leicht hinüberzukommen, wie es ihr geelungen ist. Der Fluß ist noch immer unruhig, das Boot schaukelt, hebt und senkt sich, und einer der Fischer hilft ihm, faßt ihn am Arm, und plötzlich steht er neben ihr und setzt sich sofort, und auch sie setzt sich und sagt: »Wo haben Sie denn geseteckt? Warum sind Sie weggegangen?« Er weiß nicht gleich eine Antwort, er schüt-

telt nur den Kopf, er ist ja nicht weggegangen. Ihre unbefangene Art irritiert ihn wieder, er hat eine solche Begegnung nicht erwartet, nicht hier in dieser Gegend, auf dieser Bauernhochzeit. Jetzt legt das Boot ab, es ist nicht groß, es hat nur für wenige Hochzeitsgäste Platz. Es sieht aus, als werde der immer noch starke Wind es jeden Augenblick kentern lassen oder es hinaustreiben aus dem Flußarm aufs Achterwasser und weiter auf das große Haff zu.

Christian kennt das alles, er kennt dieses Wasser, diesen Fluß, die Nordweststürme, diese dann unwirtliche und trostlose Gegend, er ist nicht weit von hier aufgewachsen. Er könnte sich zu Karoline Schröder hinüberneigen und es ihr erzählen, aber er tut es nicht. Sie, die ihm zu Anfang so redselig vorgekommen ist, sitzt schweigend neben ihm. Er versucht es einmal, er will sie fragen, woher sie kommt, aber der Wind nimmt ihm das Wort von den Lippen. Sie bemerkt seine Absicht und schüttelt den Kopf: Es hat keinen Sinn zu reden bei diesem Wetter.

Das Boot kreuzt bald nach rechts, bald nach links. Einige der Hochzeitsgäste, die vorn sitzen, haben Angst. Christian sieht es an ihren Gesichtern. Sie lachen nicht mehr, sie reden auch nicht mehr durcheinander wie vorher im Gasthof. Doch die Dächer und Giebel der Häuser auf der kleinen Insel kommen näher, wachsen, werden immer größer

und dann, überraschend schnell, ist das Boot im Windschatten der Insel. Drei oder vier Boote sind bereits angekommen, und die Gäste steigen schon aus, springen und taumeln auf den Bootssteg, schütteln sich, klopfen die Arme aus, beginnen sich schnell aus der vorübergehenden Erstarrung zu lösen und reden und lachen wieder.
Christian läßt sich Zeit, und auch Karoline Schröder bleibt neben ihm sitzen und wartet, bis alle ausgestiegen sind. »Ja«, sagt sie, »nun müssen wir wohl auch.« Er will ihr helfen, aber sie lehnt es ab, das könne sie allein, sie sei nicht ängstlich. Sie klettert aus dem Boot, sicher, wie selbstverständlich. Sie wirkt nicht sportlich auf ihn, sie ist es wahrscheinlich auch nicht, sie besitzt nur eine Art von Sicherheit, die anscheinend mit allem fertig wird. Nun gibt auch er sich Mühe, ohne Hilfe aus dem Boot zu kommen. Es gelingt ihm nicht ganz, sie hält ihm die Hand hin, und er ergreift sie, vielleicht nur, um ihre Hand in der seinen zu halten. Sie gehen vom Steg hinunter, die Hochzeitsgäste haben sich zum Teil schon verlaufen, auf die wenigen Häuser verstreut, und sie sagt: »Jetzt, glaube ich, müssen wir uns trennen. Ich muß mich bei meinen Verwandten melden, sie haben für mich irgendwo ein Zimmer, und umziehen muß ich mich auch. Mein Koffer ist mit einem anderen Boot gekommen. Wir sehen uns gleich wieder, bei der Feier oder an der Tafel. Sie sitzen ja neben mir.«

Sie geht davon, und Christian sieht ihr nach. Es fällt ihm wieder auf, daß sie sehr klein ist, aber ihr Gang und ihre Sicherheit lassen sie größer erscheinen.

Er geht hinter ihr her, schlendernd, schon nach wenigen Schritten hat er sie aus den Augen verloren. Die Insel ist noch kleiner, als er sie sich vorgestellt hat. Die Häuser, strohgedeckt, stehen dicht beieinander, die Wege dazwischen sind keine Straßen, auch keine Gassen. Nach wenigen Minuten ist Christian wieder am Wasser, auf der anderen Seite der Insel. Er trifft Verwandte, ein paar Tanten, seinen jüngsten Bruder Philipp, Bauern, die die Hochzeit organisieren. Nein, man hat für ihn kein Zimmer bereitgestellt, er wollte ja schon nach kurzer Zeit wieder zurück nach Berlin, man hatte nicht mit einem längeren Aufenthalt gerechnet. Jetzt muß er sich selbst umsehen, falls er doch bleiben will.

Drei Tage essen, trinken; es gibt schon jetzt Betrunkene, wie wird es erst am Ende dieser Hochzeit sein? Es ist nicht seine Art, so zu leben, er kann der betrunkenen Fröhlichkeit nicht viel abgewinnen, er hat andere Interessen, eine andere Lebensauffassung. Er weiß nicht mehr genau, ob er bleiben wird oder nicht.

Kurz darauf beginnt in dem Haus, in dem auch die Feier sein soll, die Trauung. Christian steht ganz hinten, weit entfernt von der feierlichen Zeremonie. Er sieht viele Rücken vor sich, den Rücken der Braut, den Rücken seines ältesten Bruders, der der Bräutigam ist. Verwandte stehen dort vorn, Unbekannte, er entdeckt auch seinen Bruder Philipp, der noch Schüler ist, fünfzehn Jahre alt. Er hält nicht viel von der religiösen Feier, die da vor ihm, wie es ihm vorkommt, routinemäßig abläuft. Alles erscheint ihm veraltet, das Ritual, die Worte des Pastors: Bräuche der alten Generation, die nach seiner Ansicht längst überholt sind. Er möchte sich darüber mokieren, ja, laut lachen, aber er tut es nicht. Ohne daß er sich dessen bewußt wird, suchen seine Augen Karoline Schröder. Er entdeckt sie nicht. Doch plötzlich steht sie neben ihm, sie muß sehr leise hereingekommen sein, und flüstert: »Entschuldigen Sie, ich habe mich verspätet.« Er wirft einen flüchtigen Blick auf sie, sieht ihr Profil, ihre leicht gebogene Nase, ihr etwas vorgeschobenes Kinn, das Energie ausstrahlt, ihre geschwungene Stirn, die unter den dichten lockigen Haaren verschwindet, und wieder kommt sie ihm fremd vor in diesem Haus, unter diesen Fischern und Bauern. Sie sieht ihn nicht an, sie blickt nach vorn, wo die Hochzeitszeremonie sich schon dem Ende nähert.

Christian nimmt alles wahr, ohne es ernstzunehmen: Er haßt solche Feierlichkeiten. Er sieht auf den Rücken seines ältesten Bruders, Lehrer auf dieser Insel, jetzt der Bräutigam in diesem Haus, er steht neben der weißgekleideten Braut und gibt sich, als sei er der Religion tief verbunden, er, der überzeugte Atheist. Die Ringe werden getauscht. Der Pastor, der hinter einem quergestellten Tisch steht, spricht noch ein paar Worte. Christian hört nur halb hin. Die Hochzeitsgäste erheben sich, umringen das Brautpaar, gratulieren.

Karoline Schröder will nach vorn gehen, um dem Brautpaar zu gratulieren, aber Christian hält sie zurück: »Lassen Sie doch. Das können wir später noch tun.« Er berührt sie dabei leicht am Arm, eine Geste der Vertraulichkeit, die ihm gewagt vorkommt. Doch sie tut, als habe sie es nicht bemerkt, als sei eine solche Geste selbstverständlich. Sie lächelt ihn an, und dabei treffen sich ihre Blicke, nur für einen Moment, für eine Sekunde oder zwei, und sie sagt: »Man hat mir erzählt, Sie fahren heute schon wieder ab. Stimmt das?« Er möchte widersprechen, aber er hat es ja vorgehabt, es war seine Absicht, noch am Spätnachmittag die Hochzeit und die Insel zu verlassen. Nun schüttelt er nur verneinend den Kopf, sagt aber nicht, warum er bleibt, und genau weiß er es auch selbst nicht. Sie gehen hinaus, der Wind fängt sie in der Tür auf, er drückt ihr langes blaues Seidenkleid, das ihr bis zu den Füßen reicht, gegen die Beine und läßt es nach hinten wehen, und erst jetzt sieht Christian, daß sie sich umgezogen hat, daß sie anders aussieht als vorher, erwachsener und doch kindlich, sie kann nicht älter als sechzehn Jahre sein. Er möchte sie nach ihrem Alter fragen, unterläßt es aber, schiebt sich neben ihr aus der Tür hinaus, gegen den Wind. Sie gehen ein paar Schritte auf der ungepflasterten, regenaufgeweichten Straße. Sie hat dabei ihr Kleid gerafft und setzt ihre Füße vorsichtig über die Regenpfützen. Manchmal, wenn ihr die Regenlache zu groß erscheint, springt sie ein wenig, sie wirkt dabei auf Christian wie ein Kind, das große Schritte zu machen versucht. Er spricht dabei von der Ehe, von dem, was sie soeben miterlebt haben. Ob ihr das auch alles so unwirklich erscheine? Das Zusammenleben zweier Menschen brauche nicht die Kirche, nicht den Staat. Er, Christian, sei für die Kameradschaftsehe, ihr gehöre die Zukunft. Sie hört ihm zu, ohne zu antworten, sie begreift nicht ganz, was er meint, er spürt es und erwähnt ein Buch, das er gerade gelesen hat, es ist von einem Amerikaner: Lindsay ›Die Kameradschaftsehe‹. Das, sagt er, müsse sie unbedingt lesen. Sie bleibt stehen, läßt ihr bis zu den Waden gerafftes Kleid fallen, und er sieht, daß es unten am Saum schon etwas gelitten hat, sie aber hat es anscheinend noch nicht bemerkt, sie schüttelt den Kopf: »Davon habe ich noch nie etwas gehört. Ich glaube, in der Gegend, aus der ich komme, liest man so etwas auch nicht. Aber was meinen Sie mit Kameradschaftsehe? Darunter kann ich mir nichts vorstellen.« Nun schüttelt auch er ungläubig den Kopf, so, als könne

er ihre Unwissenheit nicht begreifen, schließlich ist es ein Thema, das die Jugend diskutiert, zumindest in Berlin. Er gibt sich überlegen, jugendlich überlegen, und sagt: »Hier auf der Straße kann ich Ihnen das nicht erklären, aber ich will es versuchen, wenn es Sie interessiert. Wir haben ja noch viel Zeit.« Und sie antwortet: »Ich glaube, wir müssen zurückgehen. Sonst wartet man noch auf uns.«
Er sieht sie wieder an, nur kurz, einen Augenblick lang, er spielt den Überlegenen, er empfindet es selbst, und ist doch unsicher, es ist ihre Offenheit, ihre Selbstverständlichkeit, die Art, in der sie sich gibt, die ihn unsicher macht. Alles ist ein wenig kokett, flüchtig, ironisch, wirkt auf ihn wie ein Spiel und ist es doch wieder nicht, kaum taucht es auf, verschwindet es wieder hinter ihrer Offenheit. Sie gibt zu, daß sie etwas nicht weiß, was er nicht ohne weiteres tun würde.
Sie gehen zurück. Jetzt beachtet sie die Regenpfützen kaum noch, sie scheint ganz mit dem beschäftigt, was er gesagt hat. Nur einmal sagt sie: »Kameradschaft und Ehe, das kann ich mir gar nicht vorstellen.«
Es sind nicht einmal hundert Meter, die sie zu gehen haben, dann haben sie das Hochzeitshaus wieder erreicht. Es ist mit Kränzen geschmückt, es sieht festlich aus, bäuerlich festlich. Der Wind jagt immer noch dunkle Wolken über die Insel, es ist kalt, ein Apriltag voller Kälte, Wind und Nässe. Im

Haus sind lange Tafeln gedeckt, und um die Tafeln herum stehen die festlich gekleideten Frauen, die Bauern und Fischer in ihren Sonntagsanzügen, sie geben sich laut, wie schon vorher im Gasthaus am Ufer. Alle scheinen gerade damit beschäftigt, ihre Plätze zu suchen.

Der Raum ist bereits voller Rauch, Zigarren- und Zigarettenqualm, von den Gerüchen, die das beginnende Mahl begleiten. Die lange Tafel zieht sich durch drei Zimmer hin, deren Türen ausgehängt sind. Christian kommt sich wieder verloren vor: Dies ist nicht seine Welt, diese Gesellschaft, die sich auf das große Essen vorbereitet. Doch Karoline Schröder gibt sich, als hätte sie Freude an diesem Fest, sie zieht ihn hinter sich her: »Kommen Sie doch, wir müssen unsere Plätze suchen.« Sie lacht ihn dabei an.

Er sieht seinen jüngsten Bruder Philipp winken, er sitzt weiter unten, fast am Ende der Tafel, er winkt ihn heran. Dort scheinen ihre Plätze zu sein, er sagt es zu Karoline Schröder.

Er müßte ›Fräulein Schröder‹ sagen, aber er sagt es nicht, das ›Fräulein‹ findet er nicht angebracht, so sagt er nur: »Ich glaube neben meinem Bruder Philipp sind unsere Plätze.« Sie weiß nicht, wer sein Bruder Philipp ist, sie kennt ihn nicht. »Es ist mein jüngster Bruder«, sagt er, »dort unten sitzt er, fast am Ende der Tafel. Sehen Sie ihn nicht?«

Sie gehen um den oberen Teil der Tafel herum,

jetzt zieht sie ihn nicht mehr hinter sich her, er geht voran, sein Bruder steht auf, verbeugt sich vor Karoline Schröder, schülerhaft, wie er es gelernt hat, und wird leicht rot dabei. Sie setzen sich, er links neben sie, und rechts von ihr Philipp. Die ganze Gesellschaft hat jetzt Platz genommen, in der Mitte das Hochzeitspaar. Der erste Gang wird bereits aufgetragen. Christian beachtet seinen jüngsten Bruder kaum, er ist zu jung für ihn, ein Schüler, sein Interesse gilt Karoline Schröder. Er versucht einiges von ihr zu erfahren, fragt dies und das, scheinbar nebenbei, unaufdringlich, so, als interessiere es ihn nicht sonderlich. Er fragte nach ihrem Verwandtschaftsverhältnis zur Braut, und er weiß bereits, daß sie die Tochter eines Gutsbesitzers in Hinterpommern ist, in Kolberg zur Schule geht und kurz vor dem Abitur steht. Nach seiner Ansicht kommt sie aus einem konservativen deutschnationalen Haus, aus einer reaktionären Familie, denn für ihn sind alle Gutsbesitzer östlich der Oder Reaktionäre, aber er verschweigt, was er denkt. Statt dessen beginnt er wieder von der Ehe zu sprechen, es reizt ihn, sie zu provozieren, er spricht von Büchern über die Ehe, die in den letzten Jahren erschienen sind, spekulative, aufklärerische Schriften, jedermann müsse sie lesen, jetzt käme es darauf an, von den alten Vorstellungen Abschied zu nehmen. Er gibt sich überlegen, aufgeklärt. Ein wenig spielt er sich auf, er spürt es selbst, ein jugendlicher Eiferer, so kommt er sich hin und wieder vor, doch sie geht auf alles ein, hört zu und antwortet nur selten, sie sagt: »Von alledem weiß ich nichts, bis in unsere Gegend kommen diese Bücher nicht. Wirklich, ich habe nie davon gehört.« Es ist ihre kapriziöse Art, die ihn zu diesen Äußerungen veranlaßt, sie zieht ihn an, mehr, als er sich eingesteht. Sie kann ironisch lächeln, wenn sie widerspricht oder etwas fragt, und auch sie spielt ein wenig, ohne sich dessen bewußt zu sein. Sie ist lebhaft, sie ist, so scheint es ihm, von einem verhaltenen Temperament, es kommt auch dann zum Ausdruck, wenn sie schweigt. Ihre Neugier und ihr Interesse sind selbstverständlich, natürlich; nein, sie ist keine höhere Tochter, kein Mädchen aus den reaktionären Kreisen, die er verachtet und bekämpft.

Er beginnt von Politik zu sprechen, von dem heraufkommenden Nationalsozialismus, die Nationalsozialisten seien dumm, borniert und eine Gefahr für alle, er versuche sie zu bekämpfen, wo er könne, er sagt es eindringlich, fast beschwörend, und sie antwortet: »Ich habe mich nie damit beschäftigt. Alles, was Sie sagen, ist neu für mich. Bei uns sind alle dafür, nicht dagegen. Mein Vater ist es auch, aber er ist kein Nationalsozialist, er ist deutschnational. Er gehört dem Stahlhelm an, er glaubt an eine Rückkehr des Kaisers. Für ihn ist der Kaiser alles.« Sie spricht aus, was er erwartet hat, er weiß, daß die Kaisertreuen, die ›Kaiserlichen‹, wie er sie für sich nennt, die Nationalsozialisten begünstigen. Die meisten, die an der langen Tafel sitzen, die Bauern, die Fischer, die Handwerker sind kaisertreu, sind deutschnational; er weiß es, ohne daß darüber gesprochen worden ist. Sein jüngster Bruder Philipp nickt manchmal, während er spricht, und er wird jedesmal rot, wenn sich Karoline Schröder an ihn wendet. Er ist offensichtlich fasziniert von ihr und hängt gleichzeitig an seinen, Christians, Lippen. Christian redet zuviel, es ist nicht das Essen, der Wein, die festliche Umgebung, die ihn anregt. Er möchte sie für sich gewinnen, sie beeindrucken und sie von seinen Gedanken und Anschauungen überzeugen. So sagt er, etwas provozierend, als sei es eine Sensation, er sagt es leise, daß nur sie ihn verstehen kann. »Wissen Sie, ich bin Kommunist.« Es ist, er weiß es, in dieser Zeit und in dieser Umgebung, eine Ungeheuerlichkeit so etwas zu sagen. Doch was er erwartet hat, tritt nicht ein, sie läßt nicht Messer und Gabel fallen und steht auf, um sich empört zu entfernen, nein, sie sieht ihn nur an, und ihre Augen lachen ein wenig dabei, mehr neugierig als erstaunt, sie wird zurückfragen, er erwartet es. Aber sie schweigt, sieht von ihm weg über die Tafel in die Gesichter der ihr Gegenübersitzenden, in die Gesichter der anderen Gäste, die jetzt schon erhitzt, gerötet sind, und erst nach einer Zeit, die ihm sehr lang vorkommt, wendet sie

sich ihm wieder zu. Sie scheint nicht überrascht zu sein, jedenfalls nicht sonderlich, sie sieht ihn an und sagt: »Und warum?«
Er weiß nicht gleich, was er antworten soll, ihre Frage erscheint ihm naiv und ist doch gleichzeitig so selbstverständlich gestellt, daß er sie beantworten muß. Doch das Warum hat viele Antworten. Wo soll er anfangen, wie es ihr begreiflich machen? So lehnt er sich auf seinem Stuhl zurück, lächelt ein wenig, zögert einen Augenblick, und jetzt sieht auch er an den unbekümmerten, fröhlichen, bäuerlichen Gesichtern entlang, so, als müsse er sich ihren Ausdruck einprägen. Nein, es ist nicht einfach, ihr Warum zu beantworten, hier an diesem Tich, in dieser Umgebung, und schließlich sagt er, wieder leise, so daß ihn nur noch sein Bruder Philipp mit verstehen kann: »Zuerst einmal habe ich mich der Kommunistischen Partei angeschlossen, um die Nationalsozialisten zu bekämpfen, und heute bin ich von den kommunistischen Ideen überzeugt. Es gibt keinen anderen Weg.« Er wiederholt noch einmal: »Es gibt keinen anderen Weg«, aber sie scheint wenig beeindruckt von seiner so fest vorgetragenen Überzeugung zu sein, sie sieht ihn immer noch neugierig an und antwortet: »In meiner Umgebung, in meiner Schule, unter meinen Verwandten gibt es das nicht. Ich glaube, Kommunisten gibt es bei uns nur unter den Tagelöhnern, aber genau weiß ich das auch nicht.«

Jetzt ist es an ihm, ihr mehr zu erklären. Er beginnt mit den marxistischen Theorien, sie versteht ihn nicht ganz, er versucht, sich sehr genau, sehr klar auszudrücken, er erwähnt die große Wirtschaftskrise, sie käme ja nicht von ungefähr, diese Krisen wiederholten sich in einem immer schneller werdenden Rhythmus, das Ende des Kapitalismus sei abzusehen, es würde nach seiner Ansicht nicht mehr lange dauern, es gäbe nur einen Ausweg, und das sei eine sozialistische Gesellschaft.
Er spricht sehr eindringling, fast fanatisch, und er hat außer Karoline Schröder nur noch einen Zuhörer, das ist sein jüngster Bruder, Philipp, für den alles, was sein großer Bruder Christian sagt, eine Art Offenbarung zu sein scheint.
Karoline Schröder unterbricht ihn hin und wieder, sie sagt: »Wiederholen Sie das noch einmal, ich habe es nicht ganz verstanden.« Oder: »Was ist mit Karl Marx? Muß man das kennen? Ich habe nur von ihm gehört, aber noch nie etwas von ihm gelesen.« Und er antwortet: »Dann müssen Sie es unbedingt nachholen. Ich werde Ihnen dabei helfen.« Und gleich darauf beginnt er von der marxistischen Literatur zu sprechen, von Plechanow und Bulganin, erwähnt die große Revolution, die kommen muß und kommen wird, die proletarische Revolution.
Sie sieht ihn, während er spricht, ununterbrochen an, alles ist neu für sie, kommt aus einer Welt, die

sie nicht kennt, ja, er fühlt sich ihr gegenüber ganz als Revolutionär, der er zu sein wünscht, einer, der die kommende Entwicklung genau voraussieht. Er spricht von der Gesetzmäßigkeit der Geschichte, von der Klassengesellschaft, vom dialektischen Materialismus, von der Diktatur des Proletariats. Die Geschichte bewege sich, sagt er, unmittelbar auf die proletarische Revolution zu, die Nationalsozialisten hätten keine Chance, sie liefen hinter der Zeit her, sie wollten das Rad der Geschichte zurückdrehen, sie seien ein politischer Anachronismus.

Er bemerkt nicht, daß er zuviel spricht. Nach jedem Gang, der aufgetragen wird, beginnt er aufs Neue, er beachtet die Hochzeitsgesellschaft nicht, er nimmt sie kaum noch wahr. Nur sie sitzt neben ihm, Karoline Schröder, nur sie hört ihm zu. Es kommt ihm vor, als befinde er sich mit ihr in einem leeren Raum, allein und auch sein Bruder Philipp scheint nicht mehr dort zu sitzen, wo er sitzt, die Arme auf den Tisch gestützt und das Gesicht ihm zugewandt. Er sieht nur sie, und er bemerkt nicht, wenn sie sich von ihm abwendet, vor sich auf den Tisch, auf die geschmückte Tafel sieht, hin und wieder lächelt und sich so gibt, als hätte sie alles verstanden.

Der letzte Gang ist bereits abgetragen, die Hochzeitsgäste haben sich erhoben, stehen herum, gehen hin und her, sind angetrunken, fröhlich, der Lärm in den niedrigen Stuben ist jetzt stärker als vorher, nur sie sitzen immer noch an der langen Tafel, Christian, sein Bruder Philipp und Karoline Schröder.

Christian bemerkt es nicht, ihm ist die Hochzeitsgesellschaft gleichgültig, er nimmt schon genug Rücksicht, indem er leise spricht und sie nicht mit seinen Ansichten stört. Viele von ihnen sind wahrscheinlich organisiert im Stahlhelm, in Schützenverbänden, in Kriegervereinen, geprägt von Tradition und Vaterlandsliebe. Mit keinem von ihnen würde er sich in ein solches Gespräch einlassen, es würde schnell, er weiß das nur zu genau, zu Ärger, Krach und vielleicht tätlichen Auseinandersetzungen führen.

Er hat versprochen, sich zurückzuhalten, zu schweigen und seine politischen Ansichten für sich zu behalten. So verhält er sich. Nur zu Karoline Schröder glaubt er sprechen zu dürfen, sie muß ihn verstehen. Doch jetzt unterbricht sie ihn, fast mitten im Satz und sagt: »Ich glaube, wir müssen aufstehen, die Tafel wird abgeräumt.« Sie steht auf, schiebt ihren Stuhl beiseite, und auch sein Bruder Philipp steht auf, fast gleichzeitig, er hat die ganze Zeit über geschwiegen, und auch jetzt schweigt er und nickt nur leicht, als Karoline Schröder sagt: »Wir sollten ein wenig rausgehen. Der Sturm ist vorbei und der Regen auch. Was halten Sie davon?« Christian ist einverstanden. Sie gehen um die Tafel

herum, Karoline Schröder voran, sie begrüßt ein paar Bauern, Bewohner der Insel, sie gibt sich freundlich, aufgeschlossen, manchmal lacht sie, und als einer sagt: »Ach, Sie sind Fräulein Schröder«, neigt sie leicht den Kopf und antwortet: »Ja, das bin ich.«
Christian wundert sich darüber, sie muß auf der Insel bekannter sein, als er angenommen hat, und als er sie danach fragt, antwortet sie: »Nein, das ist nicht so. Ich bin nur verwandt mit der Braut. Es ist eine sehr entfernte Verwandtschaft, eigentlich kenne ich sie kaum.«
Draußen ist es fast still geworden, der Wind hat sich gelegt, nur ein paar Wolkenberge türmen sich noch am Horizont, aber es ist immer noch Aprilwetter, die Luft ist feucht, und das gegenüberliegende Ufer liegt in einem diesigen Nebel. Der Boden ist lehmig und aufgeweicht wie vorher. Karoline Schröder hat sich einen Mantel übergeworfen, und er geht neben ihr her in seinem besten Anzug und kommt sich ein wenig seltsam vor. Sein Bruder Philipp hat sie nur ein paar Schritte begleitet, dann hat er sich ganz plötzlich umgedreht und ist ohne ein Wort zurückgegangen. Sie umgeht oder überspringt die noch vorhandenen Pfützen wie am Vormittag. Sie gehen zwischen den eng beieinanderstehenden Häusern hindurch, vorbei an großen Heuschobern, an Ställen und aufgespannten Fischernetzen, es kommt ihnen niemand entgegen, alle

Bewohner der Insel und alle Gäste scheinen im Hochzeitshaus geblieben zu sein.
Christian versucht, sich locker zu geben, er fühlt sich hier in dieser ländlichen Umgebung ganz als Großstädter, er hat die Hände in den Taschen und schlendert neben ihr her, er glaubt sich überlegen, ist aber gleichzeitig befangen. Er spürt die Befangenheit selbst und gibt sich Mühe, sie zu verbergen.
Jetzt erzählt sie von ihrer Schule, sie stehe kurz vor dem Abitur, ihre Lehrer seien fast alle Deutschnationale, einige wahrscheinlich Nationalsozialisten, genau wisse sie das nicht. Außer den Büchern, die für den Unterricht notwendig seien, bekämen sie nur nationale Literatur empfohlen, sie erwähnt Ernst Jünger, Werner Bäumelburg, nationale Kriegsliteratur. Er hört zu, ohne etwas zu erwidern, nur einmal bleibt er stehen und schüttelt den Kopf: »Aber es gibt doch eine ganz andere Literatur, die viel wichtiger ist!«
Auch sie bleibt stehen und sieht ihn an. Ihre Augen sind nicht in der gleichen Höhe wie die seinen, sie ist kleiner als er, doch der Unterschied ist gering. Ihr Blick ist fragend, fast forschend, sie sagt: »Und was ist diese andere Literatur? Sprechen Sie nur weiter. Ich bin neugierig.«
Er beginnt mit einem Satz, den er gleich wieder fallen läßt, er ist unsicher, unsicherer als in der ersten halben Stunde ihrer Begegnung. Er lächelt,

nein, sie soll, sie darf nichts spüren von seiner Unsicherheit, und für einen Augenblick weiß er nicht, womit er beginnen soll. Alles, was ihn bewegt, was sein Leben ausmacht, ist ihr unbekannt. Er kann sich ihre Umgebung vorstellen, ihre Schule, ihre Lehrer, ehemalige Frontkämpfer vielleicht, für die der Begriff Nation eine andere Bedeutung hat als für ihn.

Ohne auf ihre Frage einzugehen, beginnt er wieder von den Nationalsozialisten zu sprechen, von seiner Abneigung, seinem Haß. Einmal, in einer Versammlung, erzählt er, hätten sie ihn einen Dreigroschenjungen genannt, nur, weil er widersprochen habe. Sie seien gefährlich, intolerant, irrational und dumm, so viel Dummheit könne sich niemand leisten.

Sie wiederholt das Wort Dreigroschenjunge, sieht ihn an und lacht: »Dreigroschenjunge, das habe ich noch nie gehört. Was ist das? Was ist ein Dreigroschenjunge?« Er weiß nicht gleich eine Antwort darauf, er könnte Strichjunge sagen, aber wahrscheinlich hat sie auch das noch nie gehört, so schüttelt er nur den Kopf und antwortet: »Ich weiß es auch nicht.«

Plötzlich sind sie wieder am Fluß, er ist überall, sie können ihm nicht entgehen, und Christian kommt sich vor, als sei er ein Gefangener auf dieser Insel, allein mit ihr, mit Karoline Schröder, die er vor wenigen Stunden noch gar nicht gekannt hat.

Es ist eine Art Bootsanlegestelle, vor der sie stehen, kein natürlicher Hafen. Die Boote sind abgetakelt, vertäut, das Wasser ist hier still. Sie können das gegenüberliegende Ufer sehen. Die dunstigen Regenwolken geben es manchmal frei und verhüllen es wieder.

Sie setzen sich auf eines der an Land gezogenen Boote, Karoline Schröder fordert ihn dazu auf: »Setzen wir uns doch einen Augenblick. Die Hochzeit läuft uns nicht weg.« Der Bootsrand ist noch naß vom Regen, aber sie zieht ein Taschentuch aus der Manteltasche, lacht ihn ein wenig an und sagt: »Das legen wir drunter, es wird schon gehen.« So sitzen sie schweigend nebeneinander und sehen auf den vorbeiziehenden Fluß. Ihre unmittelbare Nähe berührt ihn seltsam, und er weiß nicht, wie er sich verhalten soll, er fühlt sich zu unerfahren. Seine Erfahrungen mit dem anderen Geschlecht sind gering, nur in seinen Reden ist es anders, besonders dann, wenn er zu ihr über den Unsinn der Ehe spricht. Er möchte seinen Arm um sie legen, sie an sich ziehen, er stellt sich vor, ihr Kopf läge an seiner Schulter, ihr kastanienbraunes Haar wäre in seinem Gesicht, doch er fürchtet auch, daß er sofort auf ihren Widerstand stoßen würde. So sitzt er da und schweigt, etwas unbeholfen, wie er glaubt, nicht so, wie er sein möchte, ein Mann der Großstadt, einer, der jeder Situation gewachsen ist.

Sie beginnt wieder von sich selbst zu sprechen, von

der Umgebung, in der sie groß geworden ist. Sie spricht leise, ohne ihn anzusehen, manchmal lacht sie oder stockt, als könne sie das, was ihr gerade eingefallen ist, nicht erzählen. Es ist eine Welt, die er nicht kennt: der Gutshof in Hinterpommern, das Leben dort, streng und anscheinend spartanisch, alles ist einfach und aufwendig zugleich, die Diener, Kutscher, Hausmädchen, die Schule, zu der sie jeden Tag kutschiert wird. Er stellt sich einen roten Backsteinbau vor, einer Kaserne ähnlich, eine Schule mit strengen Regeln, mit unerschütterlichen Gesetzen, in der die Wiedergeburt der Nation das höchste Leitmotiv ist.

Alles, so scheint es ihm, ist dem untergeordnet, nicht nur im Unterricht, sondern auch außerhalb der Schule. Aber sie schüttelt den Kopf, als er sie danach fragt: »Nein, es ist nicht ganz so, wie Sie annehmen. Die Macht der Lehrer reicht nicht über das Klassenzimmer hinaus. Es ist alles sehr streng, da haben Sie recht, viel können wir uns nicht erlauben. Und wissen Sie, es ist trotzdem eine gute Schule, ich gehe gern hin.«

Er nimmt es auf, ohne zu widersprechen, es ist ja ihre Schule, auch reaktionäre Schulen können gute Schulen sein, aber für ihn sind sie die Geburtsstätten eines neues Nationalismus. Er fragt nicht weiter, jede Frage scheint ihm jetzt überflüssig, und sie stockt, lächelt und schweigt. Es ist ein unmerkliches Lächeln, kaum sichtbar für ihn, ein Lächeln

der Abwehr, er könnte es so nennen, auch sie ist befangen, und ihre Befangenheit überträgt sich zugleich auch auf die seine.
Eine leichte, dunkle Regenwolke zieht über sie hin, ein paar Tropfen fallen in sein Haar, und sie sagt: »Ich glaube, es fängt wieder an zu regnen«, so, als habe er es nicht bemerkt, und er erwidert: »Ja, es regnet, aber das geht schnell vorüber. Es ist nur ein Husch.« Er benutzt das Wort Husch, es kommt aus der plattdeutschen Sprache, Regenhusch statt Regenguß, er möchte wieder von dem sprechen, was ihn am meisten beschäftigt, von den politischen Spannungen, von seiner Überzeugung, aber es fällt ihm nichts ein, womit er beginnen könnte, im Augenblick erscheint ihm alles ferngerückt.
Der Fluß vor ihnen hat sich wieder vernebelt, ist fast nicht mehr sichtbar. Es kommt ihm vor, als hätte sich Karoline Schröder ganz in sich zurückgezogen, als sei sie nicht mehr ansprechbar, er glaubt etwas wie Hochmut zu spüren, den Hochmut einer höheren Tochter, so nennt er es für sich, eine höhere Tochter, verwirft es aber gleich wieder, nein, sie ist es nicht, nicht für ihn, und jetzt sieht sie ihn an, und er erschrickt ein wenig. Ihr Gesicht ist so nahe, er könnte es berühren, und sie sagt: »Wir müssen zurückgehen. Es ist höchste Zeit. Ich glaube, man vermißt uns schon.«
Er denkt, es ist doch gleichgültig, ob die auf uns warten oder nicht, aber er steht auf, und auch sie

erhebt sich. Sie gehen den gleichen Weg zurück, den sie gekommen sind, durch die eng beieinander stehenden Häuser, an den Ställen vorbei, sie schweigen, als hätten sie vorher zu viel geredet.
Vor dem Hochzeitshaus kommt ihnen Philipp entgegen. Christian sieht ihm an, daß er sie gesucht hat, er spricht ein wenig aufgeregt, so, als sei er außer Atem: »Wo habt ihr denn gesteckt? Ich habe euch überall gesucht.«
Jetzt könnte Christian fragen: Warum hast du uns denn gesucht? Doch er fragt nicht und sagt nur ganz nebenbei: »Eine verdammt kleine Insel. Findest du nicht auch?« Philipp ist ein bißchen verlegen und weiß offensichtlich nicht, was er noch sagen könnte. Er ist trotz seiner fünfzehn Jahre größer als sie beide, alles an ihm ist sorgfältig gepflegt, anders als bei Christian. Sein dunkelblondes Haar liegt gescheitelt, seine Augen sind hell, graublau, nein, er hat keine Ähnlichkeit mit seinem Bruder Christian, nur seine Art sich zu geben, zu reden, die Sprache, die Gesten sind verwandt, beweisen, daß sie Brüder sind.
Karoline Schröder betrachtet ihn aufmerksam, die Unterschiede zwischen den beiden Brüdern scheinen sie zu beschäftigen, ja, zu belustigen. Sie lächelt unbestimmt, wie es Christian vorkommt, etwas kapriziös, ein Verhalten, das Christian nun schon zu kennen glaubt. In ihrem Gesicht ist für ihn ein ständiger Wechsel sichtbar, bald wirkt es ausgegli-

chen offen, bald nervös unruhig, kein Ausdruck scheint beständig zu sein.
Sie gehen auf das Hochzeitshaus zu. Die Gäste haben schon ihre Plätze eingenommen, die Tafel ist dicht, fast eng besetzt, nur ihre drei Plätze sind noch frei, doch man beachtet sie kaum. In den Augen der Bauern und Fischer sind sie noch halbe Kinder, junge Leute, die zwar dabei sein können, aber noch nicht mitspielen dürfen.
Es geht noch ausgelassener zu als bei der Mittagstafel, jede Art von Feierlichkeit hat sich verloren, alle reden laut durcheinander. In einer Ecke wird gesungen, es ist ein altes vaterländisches Lied, ein Frontkämpferlied. Christian hört es mit Unbehagen, er weiß, daß diese Ausgelassenheit umschlagen kann in politische Reden, in Hochrufe auf den ehemaligen Kaiser, in Trinksprüche auf die glorreiche militärische Vergangenheit. Das Ende des Krieges ist ja noch nicht lange her, und sie waren dabei, die meisten von ihnen, sie waren, so glauben sie, die Sieger. Wer aber siegt, kann nicht verlieren. So hat in ihren Augen die Niederlage andere Gründe, andere Ursachen. Man hat es ihnen eingeredet, und daran glauben sie: Der Dolchstoß in den Rücken der kaiserlichen Armee, ausgeführt von linken vaterlandsfeindlichen Verrätern. Christian weiß, daß nicht alle so denken, aber die meisten von ihnen. Es sind jene, die den Ton angeben und denen niemand zu widersprechen wagt. Er selbst

ist zu jung, zu unerfahren in ihren Augen, sie würden ihn nicht ernst nehmen, er war ja nicht dabei. Seine Überzeugungen sind Anschauungen von Verrätern, die man bekämpfen muß.

So sitzt er schweigend neben Karoline Schröder und findet alles ziemlich unerträglich: den Gesang, den Lärm der ausgelassenen Gesellschaft, die ausufernde Fröhlichkeit, die schon Betrunkenen, die taumelnd hinausgehen und ebenso taumelnd wieder hereinkommen, die niedrigen verräucherten Stuben, die bäuerlichen Musikanten, die in einer offenen Nebenstube ihre Instrumente stimmen.

Erst jetzt scheint die Hochzeit richtig zu beginnen.

Er sieht seinen ältesten Bruder, den Bräutigam, den Hochzeiter, er sitzt in der Mitte der Tafel neben seiner jungen, fast noch kindlichen Braut, Christian denkt: eine Kinderbraut, sein Bruder, der Lehrer auf dieser kleinen Insel, ist Herrscher über acht Kinder, und sie war noch vor zwei Jahren seine Schülerin.

Auch er gibt sich ausgelassen, fröhlich und findet sich anscheinend in seiner Rolle gut zurecht.

Christian schwitzt ein wenig, es ist ihm heiß, die Ausdünstung der vielen Menschen stört ihn, macht ihm zu schaffen. Er hört Karoline Schröder zu, die sich mit seinem Bruder Philipp unterhält, sie fragt ihn nach seiner Schule und was er einmal werden wolle. Philipp gibt etwas stockend Antwort. Er wisse es noch nicht, sagt er, sein Lieblingsfach sei

Mathematik. Er sieht dabei nicht Karoline Schröder, sondern ihn, Christian, an, etwas vorgebeugt, das Gesicht ihm zugewandt. Christian nickt: Ja, ja, er sei eine mathematische Begabung, ist aber gleichzeitig etwas verstimmt darüber, daß sich Karoline Schröder mit seinem Bruder unterhält, der doch noch ein Kind ist. Er wird sich seiner Verstimmung nicht ganz bewußt, es ist auch nur ein Anflug davon, was er nicht wahrhaben will. Er sagt, jetzt Karoline zugewandt: »Wissen Sie denn, was Sie werden wollen?« Sie schüttelt den Kopf, nein, sie weiß es nicht, jedenfalls nicht genau. Sie weiß nur, was sie nicht werden will. Sie zählt einige Berufe auf, sie sagt, als spräche sie mit sich selbst: »Lehrerin, nein, das auf keinen Fall.« Ja, sie will studieren, gleich nach dem Abitur, aber sie weiß noch nicht, an welcher Universität und vor allen Dingen, was. Auf die Stadt, sagt sie, kommt es vielleicht nicht so sehr an. Er widerspricht, gerade die Stadt sei wichtig, er würde zu Berlin raten, soweit er unterrichtet sei, besitze Berlin die beste Universität in ganz Deutschland. Er sagt es so hin und gibt sich wieder wissender als er ist. Er hat ein paar Freunde, die dort studieren, viel mehr weiß er nicht. Er selbst arbeitet in einer Druckerei und hat keine Verbindung zur Universität. Er fährt fort, von Berlin zu sprechen, und ohne es zu wollen, romantisiert er die Stadt, das Leben dort, das literarische Leben. Er erwähnt Zeitschriften, von denen sie nie etwas gehört hat, literarische und politische Zirkel, die er zwar kennt, an denen er aber nicht unmittelbar teilnimmt. Ja, er will sie beeinflussen, nach Berlin zu kommen, will sie überreden. Sie dürfe, sagt er, nur in Berlin studieren, nicht irgendwo in einer Provinzstadt.

Karoline Schröder hört ihm schweigend zu, sie unterbricht ihn nicht, es kommt ihm vor, als höre sie alles zum ersten Mal, als sei alles neu für sie. Ihr Interesse, er spürt es, ist echt und regt ihn an, immer weiterzusprechen. Sein Berlin wird mit jedem Satz größer, abenteuerlicher; eine phantastische Stadt, in der zu leben ein Vorzug ohnegleichen ist.

Er spricht von den literarischen Cafés, als ob er dort ein und aus gehe, von Theaterpremieren, so, als sei er dabeigewesen. Vergessen ist sein eigenes armseliges Leben dort, er unterschlägt es, verdrängt es, und für den Augenblick ist es ihm selbst nicht bewußt. Sein Bruder Philipp sieht ihn dabei ununterbrochen an, weit vorgebeugt, die Ellenbogen auf dem Tisch. Er nimmt jeden Satz auf, den sein älterer Bruder ausspricht, jedes Wort. Es ist, als spreche er zu ihm und nicht zu Karoline Schröder, die sich jetzt von ihm abwendet, seinen Bruder Philipp anblickt und dann zu ihm sagt: »Nun ja, dann muß ich wohl in Berlin studieren. Das geht wohl nicht anders.« Sie sagt es lächelnd, fast nebenbei, eine Nebensächlichkeit, die sich schon entschieden hat. Sie wird nach Berlin kommen, in einem Jahr oder zwei, es hat ja noch Zeit, es ist, sagt sie, noch lange hin, erst müsse sie schließlich ihr Abitur machen.

Im Nebenzimmer setzt die Musik ein, eine Dorfkapelle, irgendwoher aus dem Land jenseits des Flusses. Die Hochzeitsgesellschaft gerät in noch größere Bewegung. Immer mehr der angetrunkenen Gäste beginnen zu tanzen, das Brautpaar voran. Karoline Schröder will nicht tanzen, sie tanze, sagt sie, gern, aber selten, und hier sei es wahrscheinlich eine Qual. Sie fordert Christian auf, weiterzusprechen, es interessiere sie sehr, und außerdem sei sie noch nie in Berlin gewesen. Ihr Vater nenne es ein politisches Sündenbabel, er spreche oft von dem roten Berlin. Sie sieht ihn dabei neugierig an: »Ist es wirklich so, wie mein Vater sagt?«

»Ja«, antwortet er, »da hat Ihr Vater recht, Berlin ist rot, Gott sei Dank.« Er beginnt von der linken Jugend in Berlin zu sprechen, von der SAJ und der KJ, der Sozialistischen Arbeiterjugend und der Kommunistischen Jugend. »Die SA«, sagt er, »versucht vergeblich, Berlin zu erobern, dort hat sie keine Chance. Das letzte Gefecht, von dem die SA träumt, das wird es dort nie geben.«

Er redet sich wieder in seine Überzeugung hinein, in seinen Haß. Ja, er haßt sie, die SA, die Nationalsozialisten, sie sind nicht nur seine Gegner, sie sind seine Feinde. Etwas wie Fanatismus ist in seinen

Augen, er redet mit den Händen, mit den Augen, mit dem ganzen Körper.
Karoline Schröder weicht manchmal ein wenig zurück, wenn sein Gesicht dem ihren zu nahe kommt, doch sie sieht ihn während der ganzen Zeit an und nimmt anscheinend jedes Wort auf. Doch dann unterbricht sie ihn mitten im Satz und sagt: »Bei uns sieht das ganz anders aus. Es gibt viele SA-Leute, wenn Berlin rot ist, dann ist Kolberg braun.« Sie lächelt dabei, als habe sie einen Scherz gemacht: das rote Berlin und das braune Kolberg.
Christian unterbricht seinen Redefluß, schweigt einen Augenblick und sagt: »Auf Kolberg kommt es wohl nicht an.« Für ihn ist es Provinz, und die Provinz kann nach seiner Ansicht nicht siegen.
Er sieht zu den Tanzenden hinüber. Die ganze Hochzeitsgesellschaft wirbelt durcheinander. Für die niedrigen Stuben ist die Musik zu laut, die Kapelle besteht aus mehr Bläsern als Streichern, überall wird getanzt, jetzt auch um die Hochzeitstafel herum. Es ist bereits Abend, der verregnete Apriltag geht zu Ende. Karoline Schröder möchte hinausgehen, sie sagt: »Ich glaube, wir haben hier lange genug gesessen.« Sie schiebt ihren Stuhl zurück und steht auf, und auch Christian erhebt sich, nur sein Bruder Philipp bleibt sitzen. Sie gehen zwischen den Tanzenden hindurch. Ein paar anzügliche Bemerkungen nehmen sie nicht auf, sie geben sich, als hätten sie nichts gehört.

Vor der Tür empfängt sie die Dunkelheit, sie können nur die Umrisse der gegenüberliegenden Häuser erkennen, nicht mehr. Sie gehen tastend, Schritt für Schritt vorwärts. Christian möchte ihre Hand nehmen, aber er wagt es nicht. Seine langen Reden haben ihn nicht von seiner Befangenheit befreit, es fällt ihm auch nichts ein, was er sagen könnte. So gehen sie schweigend nebeneinander her, wieder auf die Bootsanlegestelle zu. Er fordert sie nicht auf, sich auf eines der Boote zu setzen, sie setzt sich dorthin, wo sie schon am frühen Nachmittag gesessen hat, fast auf dieselbe Stelle.
Der Wind hat sich nun ganz gelegt, nur das Wasser scheint noch in Bewegung zu sein. Christian möchte seinen Arm um sie legen, seine Hand auf ihre Schulter, er hat keinen Mut, es zu tun, und er ärgert sich zugleich über seine Befangenheit, seine Schüchternheit. Nein, sie würde ihm nicht entgegenkommen, er kennt sie ja erst wenige Stunden, einen Tag lang, vom Vormittag bis zu diesem Abend.
So beginnt er wieder von Berlin zu sprechen, diesmal etwas stockend, in Sätzen, die sich nicht zusammenfügen. Er möchte sie wiedersehen, irgendwann, auch wenn viel Zeit darüber vergehen sollte. Er sagt nicht: ›Dann könnte ich Sie wiedersehen‹, sondern: »Dann können wir uns wiedersehen«, so, als sei es auch ihr Wunsch, und sie antwortet: »Ja, das wäre schön«, und gleich darauf wird sie wieder lebhaft wie am Vormittag: »Nein, das kann ich mir

gar nicht vorstellen. Ich in Berlin, ich an der Berliner Universität. Und was soll ich dort studieren? Ich weiß es nicht, jetzt noch nicht. Wissen Sie es? Geben Sie mir einen Rat, irgendeinen, ich muß ihn ja nicht befolgen. Was meinen Sie, was soll ich studieren?«

Die so unmittelbar gestellte Frage überrascht ihn, er hat sie nicht erwartet, und er weiß auch nicht gleich eine Antwort darauf. Er kennt sich ja nicht aus, aber er gesteht es sich nicht ein und verschweigt es ihr.

Sie hat ihm den Kopf zugewandt und sieht ihn fragend an, während er vor sich hinblickt auf den Fluß, in die Nacht. Es fällt ihm nur ein Fach ein, das er kennt und von dem er glaubt, es sei die Wissenschaft der Zukunft, mit der man alles erklären könne, die ganze Entwicklung, den Weg in die große Krise, das Ende der kapitalistischen Welt und der bürgerlichen Gesellschaft.

Er sagt, auf die Theoretiker der Nationalökonomie komme es an, die müsse man kennen, auf Karl Marx und seine Vorgänger und seine Nachfolger, das würde er heute, wenn er könnte, studieren, und nichts anderes.

Er rät ihr nicht, das zu tun, er sagt: »Das müssen Sie selbst entscheiden«, und sie antwortet, sehr leise, so daß er sie kaum versteht: »Ja, das muß ich wohl«, und nach einer langen Pause: »Aber das interessiert mich, es interessiert mich sogar sehr.«

Ihr Interesse kommt ihm wie ein kleiner Sieg vor, wie etwas, was er überraschend schnell gewonnen hat. Sie wird also nach Berlin kommen, dessen ist er sich fast sicher. Trotzdem möchte er sie fragen, ob sie sich wiedersehen, ob sie nach Berlin kommen wird; er fragt sie nicht.

Sie sitzt da, die Hände im Schoß, etwas nach vorn gebeugt, den Kragen ihres Regenmantels hochgeschlagen, aber ohne Kopfbedeckung. Die kastanienbraunen, gelockten Haare fallen über den Mantelkragen, er kann es nicht genau sehen, doch wenn er sich ihr entgegenneigt, nimmt er den Duft ihres Haares wahr, ein Duft von Shampoon und Eau de Cologne, so glaubt er, doch er weiß auch das nicht genau. Alles an ihr erscheint ihm in diesem Augenblick unkörperlich, ihre kleine schmale Gestalt, ihre Hände, die er zierlich nennen könnte, aber er mag das Wort nicht, ihr Gesicht, das immer in Bewegung ist, alles hat sich ihm eingeprägt, ihr Lachen, ihre manchmal ironischen Mundwinkel, ihre sprechenden Augen. Er weiß auch, wie stolz und selbstbewußt sie sein kann, wenn ihr etwas nicht paßt. Sie ist sehr jung, in seinen Augen fast noch ein Kind; er möchte sie so sehen, ein Kind, von dem ihn Jahre trennen.

Es sind nur wenige Jahre, die er älter ist, fünf Jahre, nicht mehr, er aber fühlt sich ihr weit überlegen, steht nach seiner Ansicht schon mitten im Leben und weiß, was er tut. Seine Überzeugungen stehen

fest, sie werden sich nie verändern, und er wird auch sie für sich und seine Anschauungen gewinnen.
Wieder beginnt er zu erzählen, von der großen russischen Revolution, von den zehn Tagen, die die Welt erschütterten, erwähnt ein Buch, das diesen Titel trägt, das sie unbedingt lesen müsse, und verliert sich in immer neue Überlegungen und Betrachtungen. Sie hört ihm schweigend zu.
Ihre Art des Zuhörens, ihre Konzentration auf jeden seiner Sätze, auf alles, was er sagt, regt ihn an zu immer neuen Ausführungen, er, Christian, weiß in diesem Augenblick, wie alles war und warum es so kommen mußte. Er erzählt, als sei er selbst dabei gewesen, als habe er neben den Führern der Revolution gestanden, er fragt, ob sie das Revolutionslied kenne, ›Unzählige Opfer sanken dahin‹? Sie schüttelt den Kopf. »Nein, woher«, sagt sie, »soll ich es denn kennen?« Er möchte es ihr vorsingen, aber er kann nicht singen, und sie sagt: »Singen Sie es doch. Hier hört uns niemand.« Sie lacht dabei, es ist, so kommt es ihm vor, ein Lachen ganz von innen heraus. Ihre Aufmerksamkeit scheint plötzlich verschwunden. Er weiß nicht, ob sie über ihn lacht oder über die Situation: er, Christian, auf dieser Insel, ein russisches Revolutionslied singend.
Vielleicht macht sie sich über ihn lustig, findet ihn überheblich, allwissend. Er schüttelt den Kopf, nein, er wird nicht singen, nicht einmal summen,

auf keinen Fall. Er möchte sie fragen: »Warum lachen Sie denn? Da gibt es doch nichts zu lachen«, aber er sagt es nicht, statt dessen versucht er dort weiterzuerzählen, wo er aufgehört hat. Er findet nicht mehr die richtigen Worte. Alles hat sich jetzt für ihn verändert, das Fremdartige ist wieder da. Sie ist ihm fremd, er redet es sich ein, die Tochter eines Gutsbesitzers, mit einem anderen Leben, einer anderen Erziehung, einer anderen Mentalität. Er gerät ins Stocken und schweigt. Er denkt, warum erzähle ich ihr das alles? Aber er weiß auch zugleich, daß er sie überzeugen will von sich, von seinen Anschauungen. Er fragt sich nicht, warum er das will.

Es entsteht eine Pause, die ihm viel länger vorkommt, als sie ist. Er bemerkt nicht die Kälte, die mit der Aprilnacht vom Fluß aufsteigt, nicht die Zeit, die vergangen ist. Er wartet auf ein Wort von ihr, irgendeines, und ist sich nicht bewußt, worauf er wartet. Doch sie steht auf, geht drei Schritte am Fluß entlang bis zum nächsten Boot. Sie entfernt sich von ihm, nur ein paar Meter. Er sieht ihre Gestalt in der Dunkelheit, ihre Bewegungen, ihren Gang. Es ist, als müsse sie über etwas nachdenken, was ihn betrifft, er bildet es sich ein.

Sie kommt zurück, wieder auf ihn zu, bleibt vor ihm stehen und sagt: »Ich glaube, wir müssen gehen. Wir sitzen schon sehr lange hier. Man wird nach uns fragen.« Sie zieht ihren Mantel dabei um

sich: »Es wird mir kalt«, und nun steht auch er auf und antwortet: »Ja, gehen wir.«
Das Hochzeitshaus kommt wieder näher, der Lärm der Feiernden, die Musik. Die Fenster des Hauses sind fast alle geöffnet, einige der Gäste stehen draußen, laufen hinein und kommen wieder heraus. Es ist, als tanze die ganze kleine Insel. Karoline Schröder geht vor ihm her, sie achtet nicht auf die Fragen der Angetrunkenen: »Wo wart ihr denn? Wo seid ihr so lange gewesen?«
Sie gehen ins Haus, im Flur legt sie ihren Mantel ab, und dann sind sie wieder inmitten der Hochzeitsgesellschaft. Sie schieben sich zwischen den eng miteinander Tanzenden hindurch. Karoline Schröder hat seinen Bruder Philipp gesehen. Er steht etwas abseits, in einer Ecke des Zimmers, fast an der Wand, und sieht den Tanzenden zu.
»Dort steht Ihr Bruder«, sagt sie, und plötzlich faßt sie ihn an der Hand und zieht ihn hinter sich her, ganz selbstverständlich und etwas ausgelassen. Sie kommt ihm verändert vor, jäh verändert. Jetzt ist sie fröhlich, leicht beschwingt, so, als habe sie alles, was er ihr so eindringlich und ausführlich erzählt hat, gar nicht gehört, nicht in sich aufgenommen oder schon vergessen.
Sein Bruder Philipp wird ein wenig verlegen, als sie vor ihm steht, er sieht nicht sie an, sondern Christian: »Wo seid ihr denn so lange gewesen? Ich habe so auf euch gewartet.« Er hat sich ge-

langweilt, Christian sieht es ihm an, und hat sie vermißt.
Karoline Schröder macht eine leichte Verbeugung, übermütig, und fordert Philipp zum Tanzen auf. »Tanzen Sie mit mir, Philipp? Sie können doch tanzen?« Nein, Philipp schüttelt den Kopf, er kann nicht tanzen, er hat noch nie getanzt. Doch sie geht auf ihn zu, einen halben Schritt, und zieht ihn in den Kreis der Tanzenden.
Philipp bewegt sich unbeholfen, und sie versucht, ihm ein paar Tanzschritte beizubringen. Es sieht merkwürdig aus; er ist größer als sie, trotz seiner fünfzehn Jahre. Beide bewegen sich, als hätten sie sich auf die Tanzfläche verirrt, sie werden von den anderen tanzenden Paaren hin und her gestoßen, Philipp findet den Rhythmus nicht, doch Karoline Schröder gibt nicht auf. Sie hält ihn fest, lacht, wenn er einen Fehler macht, redet auf ihn ein, erklärt ihm den nächsten Schritt und ist so unbeschwert fröhlich, wie Christian sie bisher nicht gesehen hat.
Er steht noch immer in der Ecke, in der vorher sein Bruder gestanden hat, und sieht den beiden zu. Er könnte darüber lachen, über seinen Bruder, seine Verlegenheit, seine Unbeholfenheit. Er lacht nicht, sieht nur Karoline Schröder, ihre Bewegungen, ihre tanzenden Schritte, ihr Haar, ihr Gesicht. Er glaubt es auch dann zu sehen, wenn andere Paare sich davorschieben. Er weiß, er wird sie wiederse-

hen, nicht heute oder morgen, vielleicht, wenn sie einmal nach Berlin kommen sollte, sehr viel später, in zwei oder auch erst in drei Jahren.
Das Hochzeitsfest hat seinen Höhepunkt überschritten, das Brautpaar ist verschwunden, es gibt nur noch die Tanzenden, die Betrunkenen, jene, die bis zum frühen Morgen durchfeiern werden. Bald wird die Kapelle aufhören, werden die Musiker ihre Instrumente einpacken und zurückfahren an das Ufer des Flusses, von dem sie gekommen sind. Und auch er wird sich morgen früh, in aller Herrgottsfrühe, wie man hier sagt, über den Fluß bringen lassen, er denkt: In aller Herrgottsfrühe. Er möchte länger bleiben, den morgigen Tag noch dazugeben, aber er kann es nicht. Die zwei Tage, die man ihm freigegeben hat, sind morgen abend schon vorbei, und die Fahrt zurück nach Berlin dauert lange.
Er kann nicht bleiben. Er wird es ihr sagen, wenn sie von der Tanzfläche zurückkommt: Morgen früh, wenn Sie aufstehen, bin ich schon auf dem Weg nach Berlin. Doch sie tanzt mit seinem Bruder auch noch den nächsten Tanz, ausgelassen, fröhlich, sie als Lehrerin und er als Schüler, dessen Schüchternheit sich anscheinend jetzt verloren hat. Christian geht hinaus, er will nicht länger zusehen, er geht um die Tanzenden herum durch den Flur bis vor die Haustür, dort bleibt er vor der Tür stehen und sieht in die Nacht hinaus. Er kommt

sich seltsam vor, er hat diese Begegnung mit Karoline Schröder nicht erwartet, nicht hier auf dieser Bauernhochzeit. Vielleicht hätte er sie überall treffen können, nur nicht hier auf dieser Insel. Er möchte darüber nachdenken, aber es gelingt ihm nicht, es sind nur Stimmungen, Gefühle, verworrene Gefühle, die ihn beherrschen und die er nicht kontrollieren kann.

Ein paar Betrunkene stoßen ihn an, schieben sich an ihm vorbei und torkeln den Weg vor dem Haus hinunter. Er bemerkt sie kaum. Nichts ist mehr so, wie es am Vormittag drüben im Gasthof begonnen hat. Er spürt nicht, daß der Nordwestwind wieder aufgekommen ist, er sieht nichts von dem zerrissenen Gewölk, das über den Nachthimmel treibt, und als sie plötzlich hinter ihm steht, er hat sie nicht bemerkt, weiß er nicht, wie lange er hier gestanden hat.

»Warum sind Sie denn weggegangen?«

Es ist eine Frage, leise gesprochen, fast wie eine Bitte, und er weiß nicht gleich eine Antwort darauf, er kann es sich selbst nicht erklären. So sagt er etwas Nebensächliches, spricht von der schlechten Luft da drinnen, von den niedrigen, stickigen Stuben, von der Hochzeit, die ja nun bald vorüber ist. Er versucht, das alles leicht zu sagen, oberflächlich, so dahingesprochen. Er hat nicht den Mut, ihr zu sagen, was ihn bewegt, was ihm die Begegnung mit ihr bedeutet, wie sehr sie ihn anzieht, statt dessen

gibt er sich wieder überlegen lächelnd und sagt: »Sie sind mir sympathisch, sehr sympathisch sogar.«
Sie steht jetzt vor ihm, einen Schritt entfernt, sie hat ihren Mantel umgelegt, er bemerkt es erst jetzt, sie lächelt wie er, leicht ironisch, und antwortet: »Sie sind es mir auch. Aber jetzt muß ich gehen, es wird höchste Zeit. Ich glaube, man wartet schon auf mich. Ich schlafe drei Häuser weiter, begleiten Sie mich hin?«
Sie gehen nebeneinander her, es sind nur wenige Meter, schweigend. Es fällt ihm nichts ein, was er sagen könnte. In dem Haus, in dem sie wohnt, sind noch ein paar Fenster erleuchtet, es sieht aus, als warte man dort auf das Ende der Hochzeit.
Vor der Haustür bleiben sie stehen, der Tag ist so schnell vergangen. Am Vormittag in dem Gasthof war sie ihm noch fremd, jetzt ist sie es nicht mehr, er möchte sie umarmen, vielleicht küssen. Er denkt, er könnte es tun, aber er denkt es nur. So steht er vor ihr, übertüncht die Unsicherheit mit einem Lächeln und sagt: »Ich muß morgen sehr früh fahren. Ich glaube, wir werden uns nicht mehr sehen.«
Sie sieht an ihm vorbei, auf etwas, was in seinem Rücken sein muß, auf das Haus vielleicht, das hinter ihm ist oder auf das dahinfliegende Gewölk darüber, und sie antwortet, ohne ihn dabei anzusehen: »Ich glaube auch.«

Er könnte ›Karoline‹ zu ihr sagen, er könnte sagen: Karoline, ich schreibe Ihnen, irgendwann werden wir uns wohl wiedersehen, doch er sagt: »Sie wollten mir doch Ihre Adresse geben.«
»Ja«, sagt sie, »das wollte ich, jetzt hätte ich es beinahe vergessen.« Sie zögert einen Augenblick, dann gibt sie ihm ihre Adresse, sie sagt sie zweimal, sehr langsam, als buchstabiere sie jedes Wort, und Christian spricht die Adresse nach. Er will, er muß sie sich einprägen.
Im Haus gehen die Lichter aus. Sie sieht sich nach den Fenstern um, die dunkel geworden sind: »Es wird Zeit, ich muß gehen.«
Ohne ihm die Hand zu geben, geht sie auf die Haustür zu. Kurz vor der Tür bleibt sie stehen, dreht sich um und sagt: »Schade.« Er weiß nicht gleich eine Antwort, kann sich auch nicht so schnell erklären, was sie meint, es kann das eine und das andere sein. Schade, daß der Tag vorüber ist, schade, daß sie sich nun nicht mehr wiedersehen, oder auch schade, weil er so zurückhaltend war; nein, das kann es nicht sein, das bestimmt nicht. Doch sie ist verschwunden, hat die Haustür hinter sich geschlossen, und er steht noch immer dort, ein paar Meter von der Tür entfernt, und weiß nichts mit sich anzufangen.

Er sitzt an der Wand der kleinen Terrasse, die in den Garten führt, ein winziger Garten, den sein Bruder bis kurz vor seinem Tod gepflegt hat. Er kennt die Namen der meisten Blumen nicht, die da vor einer hohen Hecke in leuchtenden Farben blühen, in hellem und dunklem Blau, in Braun, in Dunkelorange, in Goldgelb. Es fällt ihm eine rot und weiß blühende Pflanze auf. »Es ist Phlox«, sagt seine Schwägerin, »roter und weißer Phlox.«
Er hört nur halb hin, es ist ihm auch gleichgültig, wie die Blumen heißen, er ist müde von der Hitze des Tages, von den Anstrengungen der Beerdigung, von den Reden, die auf einer anschließenden Feier gehalten wurden, von den vielen Kerzen auf den Tischen, deren ausstrahlende Wärme ihn gestört hatten. Er lehnt sich an die Wand der Mauer, vor der er sitzt, halb im Schatten – die Sonne hat noch nichts von ihrer Kraft verloren –, und sieht mit halbgeschlossenen Augen auf die Frau seines Bruders.
Sie muß ihn sehr geliebt haben, die letzten drei

Jahrzehnte hat sie mit ihm verbracht, hier oben im Norden, fernab von dem, was sich in Deutschland nach dem Krieg getan hat. Es muß ein fast abgeschlossenes, behütetes Leben gewesen sein, vielleicht von jener ausgeglichenen Heiterkeit, die er den ganzen Tag über gespürt hat.

Hierher war sein Bruder geflohen. Es war eine Flucht aus Angst vor einer neuen Diktatur. Er hatte sich losgelöst von dem Volk, zu dem er gehörte, war schwedischer Staatsbürger geworden. Nach seiner Rückkehr aus der französischen Gefangenschaft, drei Jahre nach dem Ende des Krieges, hatte man ihn zum Lehrer an einer neugegründeten Oberschule gemacht, doch als er die Direktion dieser Schule übernehmen sollte, weigerte er sich und floh vor der Beförderung, um sich nicht in das Netz einer neuen Diktatur zu verstricken.

Seinen Entschluß – Christian wußte es – hatte er nie bereut. Hier hatte er sie wiedergetroffen, seine Christine, auch sie hatte, früher als er, das zerstörte Land verlassen. Nein, Christian denkt nicht weiter darüber nach, alles hat wohl so kommen müssen, wie es geschehen ist. Folgen von Diktatur, Krieg, Zerstörung, Mißachtung des Lebens.

Er sieht auf die Frau, die vor ihm in der Sonne sitzt, er müßte sie trösten. Sie sitzt dort, das Gesicht der Sonne ausgesetzt, keine Schatten sind darauf, auch nicht der Trauer. Für Christian sieht es aus, als habe sie sich mit allem abgefunden, mit der Einsamkeit, die auf sie zukommen wird, mit dem Alleinsein für den Rest des Lebens. So ist sie immer gewesen, so kennt er sie. Das Überspielen jeder inneren Bewegung, das ist ihre Art, so gibt sie sich vor anderen und jetzt auch vor ihm. Sie kann lachen und heiter sein und gleichzeitig ironisch und skeptisch. Die Beweglichkeit ihrer lebhaften Augen hat sich nicht verloren, er kann sie auch strahlend nennen. In manchen Augenblicken strahlen sie für ihn, aber er vermeidet das Wort, es erscheint ihm zu überhöht. Etwas von dem kapriziösen Temperament ihrer Jugend ist noch immer vorhanden, es ist ausgeglichener, er nennt es für sich ein abgeschliffenes kapriziöses Temperament. Es hat nicht, wie bei anderen Frauen so oft, einer nervösen Hysterie Platz gemacht.

Er sieht auf die Rabatten des kleinen Gartens mit ihren vielfarbigen leuchtenden Blumen, die sein Bruder gepflanzt, gehegt und gepflegt hat, und alles erscheint ihm wieder heiter wie vorher. Die Trauer, das Schwarz der Gäste, die Feierlichkeit, die Tränen, nun kommt ihm alles ein wenig unangebracht vor. Auch das Ende des Lebens kann heiter sein, es ist, er empfindet es so in diesem Augenblick, eine Sache der Einstellung, der Auffassung. Nie hat er sich damit beschäftigt, nie darüber nachgedacht. Auch jetzt ist es nicht mehr als eine Sekunde der Eingebung, flüchtige Gedanken, die vielleicht auch sie bewegen.

Sie spricht von seinem Bruder, von den letzten Monaten seines Lebens, seiner Krankheit, seinen Leiden, er habe, sagt sie, das alles mit Geduld ertragen, er sei immer fröhlich gewesen und habe versucht, ihr immer wieder Hoffnung zu machen. Ja, ihr zu verbergen, wie schlecht es um ihn stand. Sie sagt das alles vor sich hin. Der Garten, sagt sie, sei seine große Liebe gewesen. Noch im Krankenhaus, drei Tage vor seinem Tod, habe er gefragt, ob der Rittersporn schon seinen hellblauen Schimmer habe. Sie erzählt das alles, ohne ihn anzusehen, sie spricht zu den Blumen hin, zu dem kleinen Garten, und es kommt ihm vor, als sei er für sie gar nicht vorhanden, als spreche sie zu dem Toten.

Jetzt empfindet auch er den Verlust seines Bruders stärker als bisher, stärker als in den ersten Stunden der Mitteilung über seinen Tod eine Woche zuvor. Damals hatte er es hingenommen wie etwas Unabänderliches, in einer Art kurzer Betäubung, die schnell vorübergegangen war.

Er hatte ihn in den letzten Jahrzehnten selten gesehen, nur auf kurzen Besuchen, ein paar Tage, eine Woche, selten mehr. Sie hatten sich nicht entfremdet, er war, über die Jahre hinweg, sein Lieblingsbruder geblieben. Nur die Zeit hatte dazwischengestanden, sein eigenes bewegtes Leben und das seines Bruders, eines beamteten Ingenieurs in Schweden, in einem von der stürmischen Entwicklung der letzten Jahrzehnte fast unberührtem Land.

Er sieht sie wieder an, die Christine seines Bruders, er hat die Augen halb geschlossen, als schliefe er. Er denkt: Was mag das für ein Leben gewesen sein, in diesem kleinen Haus, in dieser Umgebung, in einem fremden Sprachraum? Er kann es sich nicht vorstellen, es muß mehr als Zuneigung gewesen sein, irgend etwas, was er nicht begreift.
Das Grab ihres Mannes, seines Bruders, beschäftigt sie, wie sie es herrichten, wie sie es schmücken will. Sie erzählt von dem Friedhof, ob er sich nicht gewundert habe über die weiten, schönen Wiesen, auf denen es kaum Gräber gebe. Er antwortet: Ja, das habe ihm gefallen, ob das hier so üblich sei, für jeden Toten eine Wiese? Offensichtlich habe man hier in Schweden noch viel Platz. Sie lacht ein wenig, nein, der Friedhof sei neu angelegt, und er sagt: »Ach ja, so möchte ich auch mal begraben werden, ich beneide meinen Bruder.« Er lacht dabei, als sei ein solcher Wunsch ganz normal. Man kann, denkt er, auch einen Toten um eine Wiese beneiden.
Ihr Gesicht nimmt die verhaltene, seltsame Heiterkeit an, die den ganzen Vormittag bestimmt hat: »Merkwürdig, du hast ihn nie um etwas beneidet, es war wohl alles umgekehrt. Er beneidete dich, den älteren Bruder, dem scheinbar alles zufiel, der sich gab, als wüßte er alles, dem alles selbstverständlich war, er bewunderte dich. Erinnerst du dich nicht? Als wir uns kennenlernten, auf der

kleinen Insel, auf der Bauernhochzeit, damals war ich deine Tischdame, ich war siebzehn Jahre alt, du, glaube ich, einundzwanzig und dein Bruder fünfzehn.«

Vielleicht, denkt er, ist man in jeder Etappe des Lebens ein anderer Mensch. Was hat er noch mit dem jungen Mann von damals zu tun, einem Fanatiker, einem, der die Welt nach seinem Muster verändern wollte. Nein, es ist nicht viel davon übriggeblieben, nur gewisse Denkmethoden, nichts weiter. Der einundzwanzigjährige Mann von damals ist ein Fremder für ihn.

Es beschäftigt ihn einen Augenblick lang, während er ihr schweigend gegenübersitzt. Vielleicht gibt es in jedem Menschen viele Personen, immer wieder eine andere, in jedem Abschnitt des Lebens. Es kann auch in ihrem Leben nicht viel anders gewesen sein.

Ihr Gesicht liegt noch immer in der vollen Sonne, es ist, er nimmt es wahr, ohne es wahrnehmen zu wollen, nicht das Gesicht einer Trauernden, die sein Mitleid braucht, seine Hilfe, seinen Trost. Es genügt ihr, daß er da ist, daß er hier sitzt, an der Wand der kleinen Terrasse, mit dem Garten vor sich und den Heckenrosen, die an der gegenüberliegenden Wand bis zur Decke emporklettern.

Sie spricht jetzt wieder von seinem Bruder, nach einer kurzen Pause, in der sie ins Haus gegangen ist, um sich umzuziehen. Sie hat ihren schwarzen

Rock, ihre schwarze Bluse abgelegt, die Farbe der Trauer ist einem frischen Weiß gewichen, einem Bademantel oder einem Morgenrock, es kann das eine oder das andere sein. Sie sagt, ohne ihn dabei anzusehen: »Weißt du, er hat noch zum Schluß von dir gesprochen, ich habe es nicht genau verstanden, aber deinen Namen, den habe ich gehört, mir war, als hätte er Christian gesagt, seine letzten Gedanken müssen bei dir gewesen sein.«

Er glaubt es nicht ganz, er gibt sich ein wenig überrascht, auch verwundert, und erwidert: »Das kann ich mir nicht vorstellen.« Zugleich aber ist er auch ein wenig stolz darauf, ein Gefühl, das ihn für einen Augenblick ihr gegenüber unsicher macht, doch es gefällt ihm, daß die letzten Gedanken seines Bruders ihm gehört haben sollen.

Eine Weile sprechen sie nicht miteinander, sie hat den Kopf von ihm weggewandt, zu den Blumenrabatten hin, als hänge sie ganz dem Tod seines Bruders nach, diesem für sie zu frühen und langsamen Tod, der ihrem gemeinsamen Leben ein Ende gesetzt hat. Und auch Christian sitzt noch immer mit halbgeschlossenen Augen an die Wand gelehnt, im Schatten, ermüdet. Nein, er will sich nicht mit dem Tod seines Bruders auseinandersetzen, er will nicht darüber sprechen, es ist unabänderlich, und es genügt ihm, daß sie es beide wissen.

»Er hat sehr an dir gehangen«, sagt sie. »Du warst für ihn mehr als nur ein Bruder.«

Er hört ihr zu, ohne etwas zu erwidern. Vielleicht hat er sich wirklich zu wenig um ihn gekümmert, er hat, es wird ihm in diesem Augenblick bewußt, immer sein eigenes Leben gelebt, seine Existenz als Mittelpunkt, auch für andere. So ist es wohl gewesen. Und wieder denkt er: Ich hätte mich mehr um ihn kümmern müssen, sehr viel mehr, als ich es getan habe. Er verwirft den Gedanken, scheucht ihn gleichsam fort. Das Leben hat ihm keine Möglichkeit dazu gelassen, keine Möglichkeit für ein engeres familiäres Leben. Überlegungen rückwärts, was hätte man anders machen können, was wäre besser gewesen, haben keinen Sinn. Alles ist so gekommen, hat sich so entwickelt, bestimmt durch Zufälle, durch Katastrophen und Krieg. Nichts oder nur wenig hat er selbst bestimmen können. Es hat keinen Zweck, darüber nachzudenken.

Er ist abgespannt und schließt die Augen. Er spürt nur, daß sie ihn ansieht, daß sie lächelt. Er empfindet es, ohne es zu sehen. Ihre Stimme ist jetzt lockerer, fast fröhlich, sie lacht ein wenig dabei, es ist ein Gedicht, es sind ein paar Verse, und sie spricht sie aus, als hätte sie sie selbst geschrieben, Verse, wie sie viele in jungen Jahren schreiben, ein Jugendgedicht.

Er überlegt nicht, warum sie ihm das aufsagt, jetzt, an diesem Tag. Er kennt das Gedicht nicht, hat es, so glaubt er, nie gehört. Er sagt: »Was soll das?«

öffnet die Augen und sieht ihr fragendes, neugieriges Gesicht dicht vor sich.
»Kennst du das Gedicht nicht?«
»Nein, woher soll ich es kennen?«
Und jetzt lacht sie ihn offen an, seine Unkenntnis erheitert sie, ja, bereitet ihr offensichtlich Vergnügen, und sie wiederholt den letzten Satz des Gedichts: »Alle Blumen lachen leise über uns und unser Glück, groß ist unsere kleine Reise, denn wir finden mit den Winden, mit den Birken und den Bächen sicher zu uns selbst zurück.«
Er erinnert sich, flüchtig, dunkel, es ist lange her, fast fünfzig Jahre, ein halbes Jahrhundert, schemenhafte Bilder, ein Eisenbahnknotenpunkt vor Berlin, eine graue Kleinstadt, ein Provinzhotel dieser Zeit, das kahle Zimmer, die tanzenden SA-Leute in dem Lokal, es ist Frühling, Mai, der ›Aufbruch der Nation‹ hat begonnen.
Sie sitzt noch immer dort, vor ihm in der Sonne, doch es ist nicht mehr dieselbe Frau, mit der er vor wenigen Stunden am Grab ihres Mannes, seines Bruders, gestanden hat, sie verändert sich für ihn, ihr Gesicht wird für ihn jünger, strahlender. Es ist dasselbe Gesicht und doch ein anderes, auch ihr Lachen hat sich verändert, es ist ein leises ironisches Lachen, fast kindlich naiv.
»Und du erinnerst dich nicht, wirklich nicht? Weißt du nicht mehr? In Paris, da haben wir Tag für Tag in einer Bibliothek gesessen unter grünen Lampen-

schirmen, die auf den Pulten standen, auf den Lesetischen. Erinnerst du dich nicht an die grünen Lampenschirme?«
Ja, er erinnert sich: die Stille in der Bibliothek, das Halbdunkel, das Grün der vielen Lampen. Er fragt nach der Bibliothek: »Was war das für eine Bibliothek, wo war sie, weißt du es noch?«
Sie weiß es auch nicht mehr genau. »Es war in der Nähe der Sorbonne«, sagt sie, »ich glaube, es war die Universitätsbibliothek.« Er fragt nicht weiter, er möchte die Augen schließen, um sie so zu sehen, wie sie damals war, zwanzig Jahre alt, eine Studentin, die vorübergehend an der Sorbonne studierte, seinetwegen, nur seinetwegen, für ihn war sie mit nach Paris gegangen, eine Flucht für ihn, eine halbe Flucht vor den Unerträglichkeiten des neuen Regimes, aus Angst vor Verfolgungen. Er kann sich diese Angst nicht mehr vorstellen, das Gefühl dafür ist verlorengegangen, jetzt, fünfzig Jahre später.
Sie sieht ihn immer noch lächelnd an, so, als amüsiere sie sich über das Wiedererwachen seiner Erinnerungen.
»Damals hast du mir viele Gedichte geschrieben. Weißt du noch? Da war ein Gang zwischen uns in der Bibliothek, und du hast links von dem Gang gesessen und ich rechts, und oft hast du mir Gedichte rübergegeben, auf kleine Zettel gekritzelt, ja, gekritzelt, manchmal konnte ich sie kaum lesen.«

Er weiß nichts mehr von diesen Gedichten, er kann es sich auch nicht vorstellen, es kommt ihm wie eine Jugendsünde vor. Gedichte, nein, er hat nie Gedichte geschrieben. Er möchte sie fragen: Wo sind denn diese Gedichte geblieben, hast du sie noch? Aber er sieht sie nur zweifelnd an, und jetzt ist sie wirklich jünger für ihn geworden, um Jahrzehnte jünger, ein junges Mädchen in einer Bibliothek in Paris. Er sieht ihr Gesicht vor sich wie in einem Spiegel der Vergangenheit, nichts hat sich verändert. Es sind die Augen von damals, die ihn ansehen, sie sind genauso strahlend und lachend wie in jenen Jahren, nein, er will nicht mehr wissen, wo jene Gedichte geblieben sind, sie interessieren ihn nicht, sie sind ihm gleichgültig. Aber sie spricht weiter davon, als habe sie seine nicht ausgesprochene Frage gehört und verstanden.

»Ach ja, sie sind alle verlorengegangen. Ich habe sie lange aufbewahrt, aber dann, während des Krieges, fast an seinem Ende, habe ich einen Mann geheiratet, von dem du nichts weißt. Er war Ausländer, sehr eifersüchtig, entsetzlich eifersüchtig. Ich habe die Gedichte immer wieder vor ihm versteckt, immer wieder woanders versteckt, doch eines Tages hat er sie gefunden und alle vor meinen Augen verbrannt. Es war eine Szene, die du dir kaum vorstellen kannst!«

Er kann es sich nicht vorstellen, nicht diesen Mann und dessen Eifersucht auf die Vergangenheit und nicht diese Szene, aber er fragt nicht weiter, er gibt sich, als interessiere es ihn nicht, was später in ihrem Leben geschehen ist.

»Es war eine kurze Ehe«, sagt sie, »es hat nicht einmal zwei Jahre gedauert.« Sie sieht ihn dabei nicht an, sondern blickt in den sommerlich blühenden Garten hinein und spricht, er glaubt es zu spüren, von einer Zeit, die sie aus ihren Erinnerungen, aus ihrem Leben gestrichen hat, eine Episode, bei der seine Jugendgedichte, ihre Gedichte, verlorengegangen sind.

Er könnte darüber lachen, er bedauert ihn nicht, diesen Verlust. Es ist schon zu lange her, er lächelt nur vor sich hin, mehr in sich hinein, als für sie sichtbar. Er möchte ihr sagen, daß es sicher nicht schade um diese Gedichte ist, ganz gewiß nicht, aber er sagt es nicht, denn sie hat begonnen, wieder von der Bibliothek mit den grünen Lampenschirmen zu sprechen, von der Stille dort, von der verordneten Ruhe. »Dort«, sagt sie, »konnte man eine Stecknadel zu Boden fallen hören. Jedes laute Wort war unangebracht, war verpönt. Wir konnten immer nur flüstern miteinander.«

Er hört ihr zu und versucht sich zu erinnern, ein paar Bilder kehren zurück, alles ist ein wenig verschwommen, gewinnt keine klaren Konturen. Er kann sich auch den Mann schlecht vorstellen, der er damals war, seine Gefühle, seine Anschauungen. Ein junger, sehr junger Mann in den politischen

Umwälzungen dieser Jahre, geflüchtet und doch nicht geflüchtet, freiwillig und doch nicht freiwillig. Aber er spürt, wie nah die so ferne Vergangenheit ist, jetzt, hier in ihrer Gegenwart. Sie sieht ihn neugierig an, neugierig und verwundert: »Weißt du es nicht mehr? Es war Anfang November, als wir nach Paris fuhren, der Winter hatte schon begonnen, es war kalt und zugig auf dem Bahnhof Charlottenburg, ein paar Freunde standen mit uns auf dem Bahnsteig, um sich von uns zu verabschieden, ich erinnere mich genau.«

Sie nennt zwei Namen, die für ihn längst verschollen sind, und jetzt sieht er sich selbst dort stehen, auf dem zugigen Bahnsteig, vor der Fahrt ins Ungewisse.

Es ist spät am Abend. Der Zeiger der Bahnhofsuhr rückt auf zweiundzwanzig Uhr vor. Der Zug, der aus Warschau kommt und sie nach Paris bringen soll, muß in wenigen Minuten einlaufen. Kälte hat bereits eingesetzt. Christian Wahl trägt einen abgenutzten alten Wintermantel, den er irgendwann von einem Onkel geerbt hat, er friert nicht, nur etwas wie Furcht kann er nicht überwinden, die Furcht noch hier, auf dem Bahnsteig, im letzten Augenblick verhaftet zu werden.
Der Bahnsteig ist nicht sehr belebt, Christian nimmt jede Uniform wahr, die irgendwo auftaucht, am Ende des Bahnsteigs oder aus den Treppen, jede SA-Uniform, jede Polizeiuniform. Er gibt sich ruhig, selbstsicher, wie es seine Art ist, und so, als sei diese Fahrt nach Paris nur ein Ausflug, nicht eine Flucht aus diesem Land, aus seinem Land.
Die Freunde, die um ihn herum stehen, Studenten, noch jünger als er, die wenigen, die zurückgeblieben sind, noch nicht geflohen, versteckt oder verhaftet, tun es ihm gleich. Sie glauben an eine bal-

dige Rückkehr, in wenigen Monaten vielleicht, spätestens in einem Jahr. Sehr viel länger kann es nach ihrer Ansicht ja nicht dauern. Der Sturz Hitlers ist für sie nur eine Frage der Zeit.

Auch Karoline Schröder gibt sich wie er, fröhlich, amüsiert, sie steht neben ihm, winterlich gekleidet. Er hat sie überredet, mit ihm nach Paris zu gehen, dort will sie weiter studieren, ein oder zwei Semester lang, sie hat ihren Vater in hartnäckigen Unterredungen dafür gewonnen. Jetzt ist es soweit, nach Monaten der Vorbereitung.

Ihre Eltern wissen nichts von ihrer Bekanntschaft mit Christian Wahl, nichts von seiner Existenz, nie hätten sie sonst ihre Erlaubnis für die Fortsetzung ihres Studiums in Paris gegeben. Sie ist noch nicht einmal zwanzig Jahre alt, noch dem Willen ihrer Eltern unterworfen.

Zwei SA-Leute gehen vorbei, in der Mitte zwischen sich einen Schäferhund. Sie unterhalten sich und nehmen von ihnen keine Notiz, doch für Christian sieht es aus, als sichteten sie die wartenden Reisenden nach fragwürdigen Elementen. Er redet sich ein, keine Angst zu haben, nur lacht er jetzt weniger auffällig, spricht leise, und auch seine Freunde reden nur noch gedämpft. Nun wählen sie jedes Wort aus, überlegen sie jeden Satz, vermeiden politische Äußerungen. Nur einer sagt, es ist ein Kommilitone von Karoline Schröder, nicht sehr politisch, nicht so wie die anderen: »Wer weiß, ob ihr wiederkommt, ich glaube es nicht«, und Christian antwortet: »Wer soll das schon wissen, es hängt ja nicht von uns ab, ich hoffe, daß wir bald wieder hier sind.«

Nein, er will nicht zurückkommen, nicht in dieses Leben der Unterdrückung, der Verfolgungen, der Verbote, des irrealen Wahnsinns, wie er es nennt. Schon im Mai, in der Nacht der Bücherverbrennungen, hatte er beschlossen wegzugehen, dieses Land, diese Stadt, die nicht mehr die seine ist, zu verlassen.

Damals hatte er sie zum ersten Mal besucht, Karoline Schröder, Studentin im ersten Semester, in ihrem Zimmer in der Friedrichstraße, ein großes, altes Zimmer, das zur Straße hinausging, mit Möbeln aus der Jahrhundertwende, einfach und ernüchternd. Durch die offenen Fenster war der Lärm der Bücherverbrennungen zu ihnen gedrungen, nicht weit entfernt, ein paar hundert Meter vielleicht, das Geschrei, der sich entladende ›Volkszorn‹, wie man es nannte, und es war ihm vorgekommen, als verbrenne man dort nicht Bücher, sondern Menschen. Es war seine Welt, die man dort dem Feuer übergab, die Welt, in der er gelebt hatte und an die er glaubte.

Er hatte ihn sich ganz anders vorgestellt, diesen ersten Besuch bei ihr. Nun überfielen ihn Haß und Furcht, Verachtung und Abscheu, anstelle der Unterhaltung war lähmendes Schweigen getreten, er fand keine Worte, nichts, mit dem er sich hätte lösen können von dem Geschehen da draußen, und sie hatte ihm gegenüber gesessen, auf einem verschlissenen Sofa, die Hände im Schoß, und geschwiegen wie er. Er war aufgestanden, war hin und her gelaufen, hatte die Fenster geschlossen und sie dann nach einer Weile doch wieder geöffnet, so, als könne er nicht verzichten auf die Wahrnehmung dessen, was draußen geschah.

Dann war es ihm zur Gewißheit geworden: Er mußte weggehen, bevor die Ereignisse ihn einholten, auch ihn überrollten. Er wußte, wie gefährdet er war, er wußte es nur zu genau. Sein Entschluß erschien ihm im gleichen Augenblick ungeheuerlich. Er war nie im Ausland gewesen, kannte sich nicht aus, das Wort Emigration gefiel ihm nicht, nein, er wollte nicht emigrieren, er war zu jung dazu, viel zu jung, es war Flucht, und er wollte nicht fliehen, aber er sagte: »Ich halte es hier nicht mehr aus, ich gehe weg, irgendwohin. Nach Paris vielleicht, dort sind ja schon einige Freunde von mir. Sie sollten mitkommen, ja, kommen Sie mit, das Leben hier wird unerträglich, auch für Sie.«

So hatte es begonnen. Karoline Schröder hatte ihn lange angesehen, dann genickt und geantwortet: »Ja, ich komme mit, ich will es jedenfalls versuchen, leicht wird es nicht sein«, und er war zum Fenster gegangen und hatte es endgültig geschlossen.

Jetzt steht sie neben ihm. Sie hatte viel Energie gebraucht, um alle Widerstände zu überwinden, doch sie hat nie nachgegeben, nie sich beirren lassen, und auch jetzt, hier auf dem zugigen, kalten Bahnsteig, wirkt sie auf ihn, als sei für sie alles sehr leicht gewesen und selbstverständlich. Sie ist fröhlich, sie lacht, nein, sie hat keine Angst, und wenn, dann wohl nur um ihn. Sie spricht mit ihren und seinen Freunden, als sei dies nur eine kleine Reise, kein Abschied vielleicht für immer oder für eine lange Zeit. Nur Christian schweigt, er sieht den Zug kommen, und es ist, als bringe dieser Zug die Befreiung von all dem, was in den letzten zehn Monaten geschehen war.

Der Zug, der einläuft, ist halb leer, Christian sieht es mit Genugtuung: keine Bewachung, keine SA, keine Polizei, ein internationaler Zug. Die Verabschiedung ist sehr kurz, keiner weiß jetzt noch was er sagen soll, jedes Wort scheint nichtssagend, überflüssig zu sein. Es ist eine Fahrt ins Ungewisse, alle wissen es, und Christian spürt es in diesem Augenblick stärker als bisher, er gibt allen die Hand, er wird sie nicht wiedersehen, er glaubt es zu wissen, und wenn dann unter völlig veränderten Umständen.

Sie steigen in ein Dritte-Klasse-Abteil, es ist leer. Man reicht ihnen die Koffer hinein, zwei Koffer, die nicht sehr viel enthalten, und dann sind sie allein.

Der anfahrende Zug rollt vom Bahnsteig weg in

die Nacht. Sie winken nicht zurück. Christian hält es nicht für notwendig. »Es würde nur auffallen«, sagt er, »und wir sollten nicht auffallen, unter keinen Umständen.« Ein paar Lichter gleiten vorbei, Lichter von Bahnsteigen, die noch zu Berlin gehören, erleuchtete Fenster. Die geschwungenen Holzbänke ihres Abteils sind hart, sie werden darauf schlafen müssen, aber sie denken nicht darüber nach, es ist ihnen gleichgültig. Sie sitzen sich gegenüber und sehen sich an, es ist alles gleichzeitig: Flucht und Traum, Furcht und Erfüllung, Wirklichkeit und vielleicht Illusion. Sie sehen sich an, und er hat ihre Hand genommen. Die große Nähe ist wieder da, diese Nähe, in der alles andere versinkt, ja, gegenstandslos wird. Sie brauchen keine Worte, um sich zu sagen, was sie empfinden, aber noch ist die Grenze weit, haben sie das Land nicht verlassen, noch ist alles so unsicher, wie es in den letzten Monaten war.

Sie sitzt da, vor ihm, die Beine übereinandergeschlagen, den Oberkörper etwas vorgebeugt, sie hat ihre Kappe abgenommen, ihr volles Haar fällt nach vorn und verdeckt fast ihr Gesicht. Er kann nur ihre Augen sehen, die sich oft verändern, und er glaubt, in den jeweiligen leichten Farbveränderungen lesen zu können, was sie gerade empfindet. Er vergißt die Zeit, er weiß nicht mehr, wie lange sie sich schon so gegenüber gesessen haben, ohne ein Wort zu sagen.

Der Zug hält selten, nur auf ein paar Bahnhöfen großer Städte, niemand kommt zu ihnen herein, sie bleiben allein, sie achten nicht auf das Anhalten und Abfahren des Zuges, auf den Lärm auf den jeweiligen Bahnsteigen.

Sie hat sich auf die Bank gelegt, so, als wolle sie schlafen, aber sie schläft nicht, sie hat den Kopf in die Hand gestützt und sagt: »Wenn wir über die Grenze sind, falle ich dir um den Hals«, und er antwortet: »Ja, dann«, und zugleich kommt ihm die Grenze wie eine Bedrohung vor, wie eine angsteinflößende Wand, durch die sie hindurch müssen. Es kann alles geschehen, vielleicht ist ihre Reise dann schon zu Ende. Er stellt sich die Kontrollen vor, die Gesichter der Beamten, der Grenzpolizisten, der sie unter Umständen begleitenden SA-Leute, nein, er kann sich diese Grenze nicht vorstellen, es gelingt ihm nicht, eine Gefahr, die nicht klar erkennbar ist. Die Grenze kann alles für ihn bedeuten, Freiheit in einem anderen Land, aber auch das Gegenteil. Bis jetzt ist es ihm gelungen, allem zu entgehen, viele seiner Freunde hat es getroffen, einen nach dem anderen. Er steht auf, geht hinaus auf den Korridor des Wagens und versucht, etwas von der Landschaft zu erkennen, die draußen vorbeizieht. Er sieht nichts, die Nacht steht unmittelbar vor den Fenstern.

»Wo warst du denn?« sagt sie, als er wieder das Abteil betritt, »plötzlich warst du verschwunden.

Ich habe wohl doch geschlafen.« Ja, sie war eingeschlafen, er sieht es ihr an, ihre Augen, so glaubt er, schlafen noch jetzt. Doch sie ist gleich wieder da, wach, ganz wach, so gegenwärtig, wie sie immer ist. Sie lächelt, als wolle sie sich entschuldigen. Es ist ein verhaltenes Lächeln, kapriziös, ironisch, das alles mögliche aussagen kann. Es zieht ihn an und nimmt ihm gleichzeitig etwas von seinem Überlegenheitsgefühl. Es bewirkt das eine wie das andere, Zuneigung und Unsicherheit, Zweifel an sich selbst und, wie er meint, grenzenlose Vertrautheit. Er möchte mit ihr über seine Angst sprechen, über diese für ihn jetzt unheimliche Grenze. Aber er sagt nichts, er will sich nichts vergeben, nicht schwächer scheinen, als er zu sein glaubt. Ein wenig fürchtet er auch ihren Spott, der so schnell kommen kann, mit einem Verziehen des Mundes, mit dem Ausdruck ihrer Augen, mit einem einzigen Wort, das kaum ausgesprochen, auch schon wieder verschwindet, als habe sie es nie gesagt.
Er setzt sich neben sie auf die geschwungene Holzbank ans Fenster. Sie streckt sich auf der Bank aus und legt ihren Kopf in seinen Schoß. Sie liegt auf dem Rücken, ihr Gesicht ist unter dem seinen, ihm zugewandt, ihre Augen sehen ihn an, unverwandt, und jetzt kommt es ihm vor, als führe der Zug nicht jener Grenze entgegen, vor der er sich fürchtet, sondern irgendwohin, in eine Zukunft, von der er keine Vorstellung hat. Ihr volles rotbraunes Haar

ist in seinen Händen, ihr Kastanienhaar, wie er es nennt. Er glaubt, es knistern zu hören, es ist, so scheint es ihm, mit Elektrizität geladen, wenn seine Hände darüber hinstreichen.
Es wird dämmrig vor dem Fenster, langsam schält sich die Landschaft aus der Nacht, der frühe, kalte Morgen kommt ins Abteil, und sie sagt: »Jetzt muß bald die Grenze kommen«, und dann, nach einer Weile des Schweigens, in der Stille, in der nur die Geräusche des fahrenden Zuges sind: »Mach dir keine Sorgen, es wird uns bestimmt nichts passieren. Ich weiß es, es kann uns nichts passieren. Spürst du es nicht?« Sie sagt es leise, ihre Stimme klingt fast zärtlich, in diesem Augenblick ist vielleicht alles gleichgültig, die Grenze, das Morgen, das Übermorgen, die Zukunft, nur die Gegenwart ist da, ihr Gesicht, der Glanz ihrer Augen, in denen keine Furcht ist, nichts von seiner eigenen Unruhe. Draußen ziehen Fabrikschornsteine vorbei, Hochöfen, weißer Rauch steigt in die Morgenluft, überall, eine Landschaft voller Rauch. Christian weiß, es sind die Ausläufer des Industriegebiets, durch das sie schon ein paar Stunden fahren. Eine Stadt- und Fabriklandschaft, die er nicht kennt, er nimmt sie auch nicht ganz wahr. Es sind flüchtige, ihm nicht vertraute Bilder, sie beschäftigen ihn nicht. Er denkt darüber nach, daß sie miteinander noch nie über Liebe gesprochen haben, auch nicht in den paar Monaten des zurückliegenden Sommers, in

denen aus ihrer Bekanntschaft, ihrer Freundschaft etwas anderes geworden war, nein, sie haben das Wort nie benutzt, es ist verbannt, verpönt, vielleicht, weil es für sie zu verbraucht ist.

Jetzt möchte er davon sprechen, von dem, was sie für ihn bedeutet, möchte ihr sagen, daß er sie liebt, aber zugleich zuckt er davor zurück, vielleicht würde sie darüber lachen, ihr spöttisches Lächeln als Quittung für einen alltäglichen Satz. Vielleicht aber würde es auch die Nähe dieses Augenblicks zerstören.

So schweigt er und sieht sie an, die jetzt die Augen geschlossen hat, doch plötzlich beginnt sie von ihren Freunden zu sprechen, immer noch mit geschlossenen Augen: »Ob sie unsere Nachricht bekommen haben, ob sie uns erwarten? Wie wird es ihnen gehen?« Er weiß keine Antwort darauf, sie haben alle im Lauf des letzten Jahres das Land verlassen, jeder zu einer anderen Zeit. Einige sind geflohen, sie hatten keine andere Wahl als die Flucht, einer ist ausgewiesen worden, ein russischer Freund. Man hatte ihn vor die Wahl gestellt, entweder in die Sowjetunion oder nach Frankreich zu gehen, und er hatte sich für Frankreich entschieden.

Er kann sich ihr Leben in Frankreich, dort in Paris nicht vorstellen, wie sie leben, wovon sie leben. Ihre politischen Pläne, ihre Ideen, alles ist weit entfernt und voller Ungewißheit. Nein, er will sich

nicht damit beschäftigen, nicht darüber nachdenken, jetzt, angesichts der nahenden Grenze. In kurzer Zeit, in ein oder zwei Stunden vielleicht, kann alles sich schon als überflüssig erweisen. Sie werden ihn unter Umständen aus dem Zug holen, und sie wird vielleicht allein zurückbleiben, hier in dem Abteil. Aber er sagt nichts davon, er sagt statt dessen: »Ich weiß es auch nicht. Vielleicht werden wir sie treffen, vielleicht erwarten sie uns, wenn sie unsere Nachricht überhaupt bekommen haben. Doch das ist unsicher, sehr unsicher.« Und sie antwortet: »Ich möchte es aber gern wissen. Irgendwo in Paris werden wir sie finden. Davon bin ich überzeugt. Glaubst du es nicht?«
Er nickt bestätigend, er will ihr den Glauben nicht nehmen, nicht ihre Zuversicht, nicht ihren Traum, und für einen Augenblick denkt er: Vielleicht ist für sie ein Traum, was für mich eine Flucht ist, diese Reise nach Paris, diese Fahrt ins Ungewisse. Sie haben so viel darüber gesprochen, in diesen Wochen der Vorbereitung, diesen zwei Monaten August, September, in denen sie sich bei ihren Eltern durchsetzen mußte. Jetzt liegt das alles für ihn schon weit zurück und entfernt sich mit jeder Stunde mehr.
Draußen ist es heller geworden, der Morgen geht in den Tag über, Christian sieht auf die spätherbstlichen Felder, die draußen vorbeiziehen, auf die Wälder, die ihm fast schon winterlich vorkommen.

Unbewußt greift er nach seiner rechten Rocktasche. Ja, er hat einen Paß, er steckt dort, aber was bedeutet ein Paß noch in dieser Zeit? Er gibt keine Sicherheit mehr, wie vielleicht noch vor einem Jahr.

Sie ist wieder eingeschlafen, sie atmet sehr leise, kaum hörbar, und er sieht in ihr Gesicht, das dem seinen ganz nahe ist. Er weiß, sie hat sich auf ein Abenteuer eingelassen, das für sie vielleicht nicht gut ausgehen wird, nur seinetwegen, so, als sei dies ganz selbstverständlich. Nie hatte er einen Zweifel von ihr gehört. Sie hat alle Schwierigkeiten durchgestanden mit der ihr eigenen Energie. Doch jetzt, als sie erwacht, sieht sie ihn groß an und weiß plötzlich nicht, wo sie ist, sieht ihn einen Augenblick lang erstaunt an und sagt: »Ach, du bist es, ich habe geträumt und war ganz woanders.«

Sie streckt sich ein wenig, als erwache sie aus einem langen Schlaf, und richtet sich auf. Sie müsse sich waschen, sagt sie, wenigstens das Gesicht. Sie nimmt die Beine von der Bank, und jetzt sitzt sie neben ihm, etwas müde, etwas verschlafen. Doch dann steht sie auf und geht vor ihm im Abteil hin und her, von der Tür zum Fenster und wieder zurück. Er sieht sie so vor sich, ihre leichte, federnde Art zu gehen, ihren etwas vorgebeugten Kopf, der von gekräuselten Haaren umgeben ist, die bis über die Schultern fallen. Sie ist klein, aber sie wirkt auch jetzt wieder größer auf ihn als sie ist.

Sie bleibt am Fenster stehen und blickt hinaus, als interessiere sie die Landschaft draußen mehr als alles andere, aber er weiß, daß es nicht so ist.
Sie sind allein in diesem Abteil, noch immer allein, und es gibt für ihn in diesem Augenblick nichts anderes auf der Welt als sie beide. Er möchte ihr wieder sagen, was sie ihm bedeutet. Nie hätte er ohne sie Berlin verlassen, doch alles erscheint ihm zu sentimental, immer war alles sachlich zwischen ihnen, nie haben sie bemerkt oder sich eingestanden, wie oft sie schon die Grenze des Sachlichen überschritten hatten.
So schweigt er wieder und spricht statt dessen von der Grenze, die bald kommen müsse, weit könne es nicht mehr sein. Er ist sich nicht sicher, ob er sie auf die Gefahr vorbereiten muß. Sie scheint ganz unberührt davon zu sein, fast sorglos. Sie setzt sich ihm gegenüber, steht wieder auf, geht noch einmal im Abteil hin und her und setzt sich wieder. Sie freue sich auf Paris, sagt sie, auf ihr Leben dort. In ihren Augen wird es ein Leben voller Freuden sein, ein Märchen vielleicht, ein Märchen des Lebens.
»Es wird alles so sein, wie wir es uns wünschen.« Sie sagt es mit ihrem Optimismus, hinter dem sich für ihn so etwas wie Neugier versteckt, eine Erwartung, die sich vielleicht nicht erfüllen wird. Ja, es wird so sein, Karoline, der Satz ist auf seinen Lippen, doch er spricht ihn nicht aus, er schwankt

zwischen beidem, zwischen Zuversicht und Befürchtung.

Sie steht auf, sie will sich waschen gehen, ein wenig zurechtmachen, sagt sie, bevor die Grenze kommt. Er geht mit ihr hinaus, bleibt an der Abteiltür stehen und sieht ihr nach. Er liebt ihren Gang, diesen leicht federnden, energiegeladenen Gang, wobei sie die Knie leicht vorschiebt, als hätten diese es eiliger als ihre Füße. Er liebt das Wippen ihrer Haare, diese kaum sichtbare Bewegung. Alles ist nur für ihn da, er glaubt es oder möchte es glauben.

Er versucht das Fenster zu öffnen, vor dem er steht, es gibt nur einen spaltbreit nach. Die kalte Morgenluft kommt herein, der etwas strenge Geruch von Äckern und Feldern. Er kennt die Gegend nicht, so weit ist er nie gekommen. Er versucht, die Namen der kleinen Bahnhöfe zu lesen, durch die der Zug fährt, es gelingt ihm nur selten.

Der Zug wird langsamer, Häuser kommen, Straßen, der Vorort einer Stadt, und Christian weiß, dies ist die Stadt an der Grenze, gleich danach muß sie kommen. Aber vielleicht finden schon hier die Kontrollen statt. Nein, er fürchtet sich jetzt nicht davor, nicht mehr in diesem Augenblick.

Er möchte Karoline rufen: Wo bleibst du denn, wir sind da, die Grenze. Aber sie kommt schon zurück, kommt auf ihn zu, die Waschtasche in der Hand schlenkernd, ausgeruht und fröhlich, er sieht es ihr an. Sie bleibt neben ihm stehen, blickt in sein Gesicht, in seine Augen und sagt: »Jetzt ist es also soweit«, und er nickt antwortend: »Ja, das ist die Grenze.«

Der Zug wird immer langsamer, es kommt ihm vor, als krieche er durch die Stadt; allmählich kommt er zum Stehen. Christian sieht auf den Bahnsteig, Zivilisten, Zöllner, Polizisten, keine SA-Leute, ein harmloses Bild, nichts, was zu Befürchtungen Anlaß gibt, trotzdem bleibt die Spannung. Christian kann sich nicht dagegen wehren, zuviel ist in Berlin geschehen, die ständige Bedrohung seit Monaten, die Verhaftungen anderer aus seiner Umgebung, die Flucht seiner Freunde, von denen einige ganz verschwunden sind – er weiß nichts von ihnen, man hat sie abgeholt und verschleppt, irgendwohin – und der anhaltende Druck der Angst, Tag für Tag und Nacht für Nacht.

Immer hat er versucht, sich davon freizumachen, es ist ihm nur für Stunden gelungen. So spürt er diesen Druck auch jetzt, ein Gefühl der Hilflosigkeit und des Ausgeliefertseins, ja, er ist dem Zufall und dem Glück ausgeliefert. Wenn sie es zulassen, wird er sicher über die Grenze kommen, er ist abhängig davon, nur davon, er glaubt nicht an Vorbestimmung, an schicksalhafte, überrationale Kräfte. Die Vernunft bestimmt für ihn alle politischen Überlegungen, und doch möchte er in diesem Moment daran glauben. So sagt er, noch immer am Fenster stehend, mit dem Blick auf den belebten Bahnhof: »Wir werden schon durchkommen. Bis jetzt habe ich ja immer Glück gehabt«, und sie antwortet, indem sie ihren Kopf an seine Schulter lehnt: »Darüber, daß wir nicht durchkommen, habe ich noch gar nicht nachgedacht. Es ist selbstverständlich.«

Ihre Sicherheit ist ansteckend, ihre Zuversicht, ihre verhaltene Heiterkeit. Sie berührt auch ihn, er möchte über all das lachen, über die Gefahr, die er sich vielleicht nur einbildet, möchte mit ihr lachen, er kann es nicht.

Sie gehen zurück ins Abteil, sie setzen sich gegenüber, unter ihre Koffer, die im Gepäcknetz liegen. Ja, sie haben verabredet, so zu tun, als gehörten sie nicht zusammen, sie kennen sich nur flüchtig, haben sich erst hier in diesem Abteil kennengelernt, daß sie beide nach Paris wollen, ist rein zufällig. Sie hat ihre Hände zwischen den Knien, jetzt scheint auch sie gespannt, ein wenig aufgeregt, er glaubt es ihr anzusehen.

Sie brauchen nicht lange zu warten. Zwei Zollbeamte betreten das Abteil, sie fragen nach dem Reiseziel, nach Waren, sie benehmen sich korrekt. Nein, sie müssen beide ihre Koffer nicht öffnen, die Zollbeamten sehen sich nur prüfend um, nichts weiter. Kaum sind sie gegangen, betreten zwei andere Uniformierte das Abteil, Christian kennt ihre Uniformen nicht, es sind Grenzpolizisten oder es ist das, was er befürchtet, die Staatspolizei, genau weiß er es nicht. Sie fragen nach den Pässen, nicht unhöflich, aber unpersönlich. Karoline gibt ihren Paß zuerst und dann auch er, Christian, den seinen. Es ist unangenehm still in dem Abteil, fast bedrückend, während die beiden die Pässe durchblättern. Christian sieht zu den Gesichtern auf, es sind harmlose, alltägliche Gesichter, sie wirken ernst auf ihn, fast so, als ruhe die ganze Last des neuen Staates auf ihren Schultern. Sie blättern etwas zu lange für ihn in den Pässen herum, eine, so kommt es ihm vor, unerträglich lange Zeit. Einer von ihnen zieht ein Buch aus seiner Tasche und blättert darin herum. Christian weiß, er sucht seinen Namen, aber er findet ihn wohl nicht, denn gleich darauf sieht er den anderen an und schüttelt den Kopf, nein, er wird nicht gesucht, jedenfalls nicht hier.

Christian nimmt den Paß zurück, er gibt sich Mühe, gelassen zu wirken. Alles ist selbstverständlich, auch er nur ein Reisender wie alle anderen. Er versucht, Karoline nicht anzusehen, so, als seien sie Fremde, zwei Reisende, die nichts miteinander zu tun haben. Jetzt bekommt auch sie ihren Paß zurück, und der Beamte sagt, wobei er sein Gesicht leicht zu einem Lächeln verzieht: »Wohin geht denn die Reise?« Und Karoline lächelt zurück, es ist das Lächeln, das Christian genau kennt und dem der andere nur schlecht widerstehen kann. »Nach

Paris«, sagt sie, und der Beamte antwortet: »Dann viel Vergnügen.« Ein Dialog, der keine Bedeutung hat. Aber für Christian bedeutet er in diesem Augenblick etwas, es ist für ihn der Beweis, daß sie die Schwelle überschritten haben, die Grenze zu einem neuen und anderen Leben. Aber er ist sich nicht sicher, ob nicht noch ein Hindernis kommt, die SA vielleicht, bevor der Zug die Grenze passiert.

Die beiden Beamten verlassen das Abteil, geräuschvoll, jetzt eilig. Es sind nur Minuten vergangen, doch Christian kommen sie vor wie eine Ewigkeit. Er sieht Karoline an, und plötzlich beginnen beide zu lachen. Es ist ein Lachen der Erleichterung, der Befreiung, ein erlöstes Lachen, sie sagt: »Wir haben es geschafft, jetzt kann uns nichts mehr passieren.« Und er erwidert: »Noch nicht ganz, aber bald.«

Sie springt auf, alles an ihr scheint jetzt in Bewegung zu sein, ihr ganzer Körper vibriert ein wenig. Ihre Freude ist jetzt ungehemmt, ihre Vorfreude auf das unbekannte und so weit entfernte Paris und auf ihr gemeinsames Leben dort. Sie fordert ihn auf, mit ihr ans Fenster zu kommen, um auf den Bahnsteig zu sehen, sie möchte wissen, was dort noch passiert und erleben, wenn sich der Zug wieder in Bewegung setzt. Sie ist voller Neugier, voller Interesse, auch für das Nebensächliche, sie ergreift seine Hand und zieht ihn hinter sich her. Nein, sie öffnen das Fenster nicht, die Gefahr, sagt er, sei noch immer nicht ganz vorüber, so bleiben sie hinter dem Fenster stehen und sehen durch die Scheibe auf den Bahnsteig, der jetzt belebter ist als vorher. Christian sieht, was er nicht sehen will: Mitten unter den Reisenden führen zwei Polizisten einen Mann ab, einen Mann in mittleren Jahren, gut gekleidet, er geht etwas nach vorn gebeugt, aber aufrecht, als hätte er sich nichts zu vergeben. Alles geschieht unauffällig, jedenfalls, so kommt es Christian vor, bemühen sich alle drei darum, der Mann wie die Polizisten. Vielleicht ist der Mann ein Politischer, einer, den man aus dem Zug geholt hat, weil er in der Fahndungsliste stand, vielleicht aber handelt es sich nur um ein Zollvergehen. Die letzten Monate in Berlin fallen ihm wieder ein, die Furcht vor den nächtlichen Razzien, dem Terror, den gesetzlosen Verhaftungen, dem Totschlag ohne rechtliche Folgen.

Er sieht den Dreien nach, solange er sie sehen kann, er macht Karoline, die neben ihm steht, nicht darauf aufmerksam, sie hat es nicht bemerkt oder wollte es nicht sehen, er spricht statt dessen von Nebensächlichkeiten, von der vergangenen Nacht ohne Schlaf. In ihrer Gegenwart sei ihm die Nacht einfach davongelaufen, und sie sieht zu ihm auf und sagt: »Es ist mir genauso gegangen. Ich habe gar nicht bemerkt, daß wir so weit gefahren sind.«

Sie gehen in ihr Abteil zurück. Der Zug steht noch immer, wartend. Es ist bereits eine halbe Stunde vergangen, Christian bemerkt es, er sieht auf seine

Armbanduhr, ein Geschenk seiner Mutter. Jetzt vergeht die Zeit, die vorher so schnell vergangen ist, sehr langsam für ihn, beunruhigend langsam. Zwei Reisende betreten das Abteil, Christian empfindet sie wie eine unerlaubte Störung, sie sprechen französisch miteinander, nehmen neben der Abteiltür Platz und beachten sie kaum. Gleich darauf setzt sich der Zug in Bewegung, er fährt etwas ruckartig an, so, als wolle er wieder zurück in das Land, aus dem er gekommen ist, aber dann rollt er vorwärts, vom Bahnsteig weg, aus der Stadt hinaus.

Jetzt lacht Karoline, es ist ein verhaltenes Lachen, er könnte es strahlend nennen, sie strahlt wieder, ihre Freude ist darin enthalten, ihr unzerstörbarer Optimismus. Sie legt eine Hand auf sein Knie, weit vorgebeugt, und sagt, sie flüstert es mehr, sehr leise und wieder mit der leichten Ironie, die ihr eigen ist: »Gleich sind wir in Paris.« Er weiß, was sie sagen will. Die Stunden, die jetzt noch kommen, sind nebensächlich, unser Leben in Paris hat schon begonnen, das neue, das andere Leben.

Er lächelt zurück. Ihre Freude ist auch die seine, sie ergreift ihn allmählich, je länger er sie ansieht. Jetzt fällt auch von ihm die Vergangenheit ab, der unerträgliche Alptraum der letzten Monate. Es kommt ihm vor wie ein Erwachen bei gleichzeitigem Bedürfnis nach einem tiefen und langen Schlaf. Er lehnt sich zurück, den Kopf in die Ecke des Abteilfensters, schließt die Augen und öffnet sie erst wieder, als zwei französische Beamte ins Abteil kommen. Sie sehen sich ihre Pässe an, routinemäßig, wie es ihm vorkommt, sie fragen nach zollpflichtigen Waren. Karoline schüttelt den Kopf, sie antwortet mit ein paar französischen Worten, etwas unbeholfen. Auch sie gibt sich jetzt anders als vorher, freier, lässiger, auch sie, so scheint es ihm, hat sich in der kurzen Zeit verändert. Das bedrückende Gefühl aus Ohnmacht und Ungewißheit hat also auch sie belastet, trotz aller Gegenwehr, trotz des Versuchs, es zu überspielen. Er könnte es ihr sagen, er könnte sagen: Jetzt bist du aber froh, oder irgend etwas anderes in der Art. Aber er läßt es, er sieht sie nur an, mit halbgeschlossenen Augen, länger als sonst, intensiver. Jetzt erst gehören sie ganz zusammen, sind sie beide allein auf sich gestellt. Es kommt ihm vor, als hätten sie voneinander Besitz ergriffen, jetzt, mit dem Überschreiten der Grenze, die auch vielleicht eine Grenze ihres Lebens ist. Ihre oft übersprudelnde, lebhafte Art, jetzt kommt sie voll zum Ausdruck. Sie ist zappelig, wie er es nennt, sie könnte aufspringen und hin und her laufen, aus dem Abteil hinaus, den ganzen Wagen entlang und wieder zurück; obwohl sie ihm still gegenübersitzt, ist doch alles an ihr in Bewegung. Er sagt ein paar Worte über die Gegend, die sie durchfahren. Langsam verändert sich für ihn die Landschaft, nehmen die Bahnhöfe ein anderes Gesicht an. Er glaubt es auch von den Menschen, von den Reisenden, die das Abteil betreten oder verlassen, auf jeder Station wird es nun unruhiger, lauter, sie sind nicht mehr allein. Der Schlaf, der ihn so lange gemieden hat, jetzt überfällt er ihn. Ja, sie spricht französisch mit irgendeinem der Reisenden, ihr Schulfranzösisch, er hört es mit geschlossenen Augen, aber es ist schon weit weg. Nur einmal wird er halbwach, und jetzt hat auch sie die Augen geschlossen. Er sieht es, ohne es ganz in sich aufzunehmen, sie sitzt fast zusammengekauert in ihrer Ecke am Abteilfenster, mit angezogenen Beinen, die Hände um die Knie gefaltet, zusammengerollt, könnte er es nennen. Sie bezeichnet es als ihren Winterschlaf. Jetzt hat der Schlaf auch sie gepackt und ihre Neugier unter sich begraben.

Der Zug hält nur noch selten, auf ein paar großen Stationen. Christian bemerkt es kaum, manchmal erwacht er durch lautes Reden anderer Reisender oder durch das geräuschvolle Öffnen der Abteiltür, aber der Schlaf verläßt ihn nicht, es sind nur Pausen, winzige Pausen, die sich gleich wieder auflösen, ohne daß er sich bewußt wird, was um ihn herum geschieht.

Er weiß nicht, wie lange er geschlafen hat, als er geweckt wird, jemand bemüht sich um ihn, eine Hand ist auf seiner Schulter, und dann sind es zwei Hände, die die seinen umfassen: »Christian, du mußt aufwachen, wir sind gleich da.« Er begreift nicht, wo sie gleich sein sollen, und auch als er die Augen schon halb offen hat, weiß er nicht, wohin sie fahren. Karoline steht vor ihm, und mit ihr kommt die Wirklichkeit zu ihm zurück, die Wirklichkeit dieser Reise oder dieser Flucht, wie er es auch nennen könnte. Sie ist aufgeregt, fast ausgelassen, alles an ihr ist wieder in Bewegung.

»Wir fahren schon durch Paris«, sagt sie, »ich glaube, es sind die Vororte.« Ja, es müssen die Pariser Vororte sein, er sieht es jetzt auch. Sie hat sich ihm wieder gegenübergesetzt, beide sehen durch das Fenster auf die vorbeiziehenden, flachen Häuser, auf die Straßen. Christian kommt es vor, als sei alles viel heller hier.

Er hat keine Erklärung für diesen seinen Eindruck, aber dann denkt er nicht weiter darüber nach, er sagt: »Ich hätte nicht gedacht, daß wir bis nach Paris kommen. Eigentlich habe ich das nicht für möglich gehalten.«

Sie antwortet nicht, sie wendet ihm nur ihr Gesicht zu, sie lacht nicht, sie lächelt nicht, nur ihre Mundwinkel sind etwas verzogen, leicht spöttisch, ironisch, und er weiß, sie hat alles für selbstverständlich gehalten, was er für unmöglich oder fragwürdig hielt, sie war sich dessen sicher, ganz sicher. Er empfindet es so, oft braucht sie ihm keine Antwort zu geben, er glaubt zu wissen, was sie denkt. Sie sitzt da, die Hände zwischen den Knien, etwas vorgebeugt, sie scheint beeindruckt von dieser Einfahrt in die Hauptstadt eines fremden Landes. Es ist, als sei ihr erst jetzt bewußt geworden, daß sich mit dieser ihrer Ankunft in Paris etwas verändern wird, unter Umständen mehr als sie ahnen konnte.

So schweigen sie beide, und erst als der Zug in den Gare du Nord einläuft, springt sie auf: »Wir sind da! Christian, wir sind da!« Jetzt ist sie wieder sie selbst, sie hat ihr Ziel erreicht, das eigentlich das seine ist, ein Ziel vielleicht ohne Rückkehr zu dem Ausgangsort.

Für ihn ist es so, doch nicht für sie. Das Halten des Zuges, dieses langsame und zum Schluß ruckartige Halten bedeutet für ihn etwas anderes als für sie, eine Zäsur, deren Folgen für ihn im Ungewissen liegen.

Jeder von ihnen hat nur einen Koffer, nein, sie sind nicht ausgerüstet für eine lange Reise, für einen langen Aufenthalt. Auf dem Bahnsteig ist niemand, niemand, der sie empfängt. Sie gehen zwischen den Reisenden auf dem Bahnsteig dem Ausgang zu, jeder sein Gepäck in der Hand, sie gehen langsam, fast unbekümmert, alltägliche Reisende, denen hier alles bekannt ist. Vor dem Ausgang drängen sich die Menschen, und jetzt sehen sie, was sie nicht erwartet hatten: Dort hinter der Absperrung stehen seine Freunde, junge Leute, fast alle jünger als er selbst, sie schwenken ihre Hüte, sie rufen ihnen etwas zu, was sie nicht gleich verstehen, Willkommensgrüße oder ähnliches. Einer von ihnen springt auf und ab als sei er außer sich vor Freude. Christian hört seinen Vornamen, und nun überwältigt auch ihn die Freude des Wiedersehens. Er möchte nach vorn laufen, schneller gehen, er sagt: »Mein Gott, sie sind ja noch alle da.« Er sieht ihre freudigen Gesichter, die mit jedem Schritt, den er tut, näher kommen, vertraute Gesichter, die doch alle für ihn entschwunden waren.

»Da ist Alex!« ruft Karoline, »und da ist ja auch Leo, siehst du ihn?« Sie winkt mit der freien Hand, sie lacht den Wartenden entgegen, sie geht einen Schritt schneller als Christian, ist ihm voraus und drängt sich durch die Sperre. Christian folgt ihr unmittelbar, wird aber etwas beiseite geschoben, und jetzt sieht er, wie sie den Koffer stehenläßt und auf seine Freunde zuläuft. Sie umarmt fast jeden, ihre Freude ist unmittelbar, ansteckend, es ist, als hätten sie alle die Monate der Verfolgung plötzlich vergessen. Sie nimmt die Blumen, die einige mitgebracht haben, und als Christian herankommt, hat sie schon den ganzen Arm voller Blumen. Sie sieht sich nach ihm um, und er geht auf seine Freunde zu und gibt jedem die Hand, anders als sie, zurückhaltender, so, wie es seine Art ist. Nun lacht auch er, fröhlich und zynisch zugleich, er sagt: »Na, ihr lebt ja noch alle, wie seid ihr denn durchgekommen?« Sie beantworten seine Frage nicht, es scheint ihnen nicht wichtig zu sein. Ihre eigenen Fragen sind ihnen wichtiger. Sie fragen nach Deutschland, nach

den politischen Zuständen, sie sprechen alle durcheinander, sie nehmen an, daß Hitler schon abgewirtschaftet hat, ja kurz vor dem Zusammenbruch steht. Nach ihrer Ansicht kann es nur noch eine Frage von Monaten sein, sie erwarten eine Bestätigung ihrer Fragen. Christian schüttelt nicht den Kopf, er will sie nicht enttäuschen in ihrem Optimismus. Er verzieht nur sein Gesicht, etwas pessimistisch und schließlich sagt er: »Macht euch keine Illusionen. Ich glaube, es ist noch nicht soweit.«
Seine Antwort befriedigt sie nicht, er sieht es an ihren Gesichtern, ihre laute Fröhlichkeit ist plötzlich gedämpft, als habe er, Christian, sie unsicher gemacht.
Sie gehen aus dem Bahnhof hinaus, Karoline in der Mitte, sie fragt dies und das und gibt sich so, als sei ihr nichts fremd in dieser neuen Umgebung, als sei ihr alles selbstverständlich. Sie fragt: »Wo werden wir denn wohnen?« Und sie erhält die Antwort: »Wir haben ein Zimmer in einer Pension für euch besorgt. Wir fahren gleich hin.«
Die zwei Taxis, die vor dem Bahnhof auf sie warten, nehmen sie auf, alle wollen mitkommen, niemand will zurückstehen, so fahren sie in das ihnen unbekannte und schon abendliche Paris hinein, Karoline neben Christian, sie flüstert, indem sie nach seiner Hand greift: »Jetzt sind wir da. Freust du dich nicht?« Doch er weiß nicht, ob er sich freuen soll.

Der Himmel ist wolkenfrei, blaßblau, hoch, ein nordischer, ein schwedischer Himmel, die Sonne hat sich etwas gesenkt, ohne an Kraft zu verlieren. Aber die Julihitze ist nicht lähmend, nicht erdrückend, er empfindet sie und empfindet sie nicht. Sein Bruder ist ihm gegenwärtig, ihr Mann, mit dem sie dreißig Jahre gelebt hat. Er nimmt die Schatten nicht wahr, die sich in dem kleinen Garten bemerkbar machen, obwohl die Sonne noch nicht hinter den Bäumen steht.

»Damals«, sagt sie, »am Ende des Krieges, bin ich mit diesem Mann, den ich vor deinem Bruder geheiratet hatte, nach Schweden gegangen. Wir wollten weg aus Deutschland, aus dem zerbombten Berlin, und er, er hatte Angst, ich kann nicht sagen, warum, aber es war da etwas, was er mir verschwieg. Oft habe ich sie gespürt, diese Angst. Er wollte nach Schweden, in ein neutrales Land.«

Er hört ihr schweigend zu, ihre Stimme ist leiser geworden, verhaltener. So also ist sie nach Schweden gekommen. Er hat es nie genau erfahren, auch nicht von seinem Bruder, es hat ihn wohl auch nie interessiert. Sie spricht von dem ersten Jahr in Schweden mit diesem Mann, einem Ausländer, von der Armut, von den Zerwürfnissen, von der Schwierigkeit, sich in einem fremden Sprachraum zurechtzufinden.

»Es war unerträglich. Ich habe als Kellnerin gearbeitet, das war schwer, sehr schwer, und jeden Abend, wenn ich von der Arbeit zurückkam, gab es Szenen, immer wieder neue Szenen. Nein, ich will dir nicht davon erzählen, es ist schon so lange her, es ist unwichtig geworden.«

Es fällt ihm auf, daß sie diesen Mann nicht mit Namen nennt, ihn nicht beschreibt, nicht sagt, wie und was er war. Für einen Augenblick kommt es ihm vor, als schäme sie sich dieser Episode am Ende des Krieges, unwichtig, und doch nicht unwichtig mit den Folgen, die es für sie hatte. Nun ist sie Schwedin, seit zwanzig Jahren eine Bürgerin dieses Landes, dessen Sprache sie spricht, als sei es ihre eigene – eine Emigrantin durch eine Liebe, die vielleicht keine war, durch den Zufall einer Begegnung. Das alles hatte sich abgespielt, als er selbst in Gefangenschaft war, als er nichts von ihr wußte und sie längst aus den Augen verloren hatte. Es scheint für sie alles nebensächlich zu sein, gleichgültig, hier in diesem Garten. Sie redet davon, als sei das, was sie erzählt, jemand anderem geschehen.

»Und dann haben wir uns getrennt. Ich bin ihm

davongelaufen, ich konnte es nicht mehr ertragen. Irgendwann haben wir uns scheiden lassen. Und dann habe ich hier allein in diesem Land gelebt, ganz allein. Ich habe mich durchgeschlagen mit immer neuen Versuchen, mit immer wieder neuer Arbeit.«

Er könnte sie fragen: Warum bist du denn nicht zurückgegangen, zurück nach Deutschland? Aber er fragt nicht, er weiß wie sie, daß sie bei der Rückkehr in ein zerstörtes Land nichts anderes erwartet hätte als neue Armut. Als habe sie seine stumme Frage gehört, erwidert sie:

»Ja, natürlich habe ich mir damals überlegt, ob ich zurückgehen soll, doch ich habe diese Entscheidung hinausgeschoben, Tag für Tag. Und was hätte mich in Deutschland erwartet, nur Armut, und wahrscheinlich noch viel größere. Meine Eltern waren geflohen, mitgespült in den großen Flüchtlingsstrom, der damals nach Westen zog. Ich habe sie von hier aus unterstützt. Deutschland war arm und Schweden reich.«

Christian denkt: Ja, durch strikte Neutralität und dadurch, daß Hitler sie verschont hat, weil er sie brauchte. Er weiß auch, wie groß die Deutschfeindlichkeit der Schweden nach dem Krieg war, er fragt sie danach: »Hast du nie etwas davon gespürt?« Und sie antwortet: »Nein, eigentlich nicht. Man war sehr freundlich zu mir, ich bin auf viel Hilfsbereitschaft gestoßen, mehr, als ich erwarten konnte. Nacht für Nacht habe ich schwedisch gelernt, und nach ein paar Jahren war ich soweit, daß ich in schwedischen Büros arbeiten konnte, ja ich konnte schließlich Übersetzungen machen. Ich war, du wirst es nicht glauben, Schwedin geworden. Und dann, eines Tages, ich erinnere mich noch genau, es war früh am Morgen, kam eine Anfrage der schwedischen Fremdenpolizei. Dein Bruder Philipp hatte meine Adresse angegeben. Aber das weißt du ja.«

Nein, sie irrt sich, er weiß es nicht, zumindest nicht so, wie es wirklich war, es hatte ihn damals nur am Rande interessiert. Er hatte sie miterlebt, die Flucht seines Bruders nach Schweden, von der Ostseeküste aus, an einem schon dämmrigen Sommerabend, mehr durch Zufall als geplant. Er hatte das Ruderboot abgestoßen, mit dem sein Bruder Philipp zu dem Fischkutter hinausgefahren war, der ihn nach Schweden bringen sollte, durch die Kette der Polizeisicherungsboote des neuen Staates, die jede Flucht seiner Bürger zu verhindern hatten.

Er sieht sich mit seinem Bruder an der Küste entlanggehen – Juli 1949 –, die Nachwehen des Krieges sind noch nicht verklungen. Sie gehen wie Spaziergänger, sein Bruder hat kein Gepäck bei sich, keine Tasche, keine Mappe, nichts, was auffallen könnte. Sie wissen, auf der Steilküste gibt es Grenzsicherungstruppen, Grenzpolizisten des neuen Staates. Das Meer ist ruhig, abendlich, still,

die letzten Sonnenstrahlen sind schon erloschen, die Nacht kündigt sich an, eine Nacht ohne Helligkeit.
Sein Bruder erklärt ihm noch einmal, warum er weggeht. Er kann in diesem neuen Staat nicht leben, und er will es auch nicht. Er erwähnt Karoline Schröder, ihre Adresse, sagt er, habe er bei sich, vielleicht treffe er sie in Schweden, irgendwann einmal. Aber das alles sei ja mehr als ungewiß, erst müsse er einmal über das Meer kommen. Ein Fischkutter erwarte ihn draußen, er habe viel Geld dafür ausgegeben, es sei ja strafbar. Menschenschmuggel nenne es die Partei, und vielleicht komme er auch gar nicht durch.
Christian spürt, wie nervös sein Bruder ist, er läßt alles zurück, was bisher für ihn wichtig war, seine Familie, seine Freunde, und selbst, wenn ihm die Flucht gelingt, bleibt die große Ungewißheit: Wie will er mit dem Leben in Schweden fertig werden, mit einer ihm fremden Sprache, mit einer anderen Mentalität?
Sie finden das Boot, das ein Fischer am späten Nachmittag für Philipp so unauffällig wie möglich zurechtgelegt hat. Es liegt da in der beginnenden Nacht, als warte es auf sie. Beide sind es nicht gewohnt, sich sentimentalen Gefühlen hinzugeben. So schütteln sie sich nur die Hand, und Christian sagt: »Du wirst es schon schaffen.«
Sie schieben das Boot ins seichte Wasser. Philipp

springt hinein, nimmt die Ruder auf, und Christian stößt das Boot ab, wobei ihm das Wasser in die Schuhe läuft. Er sieht seinem Bruder nach, dessen Boot sich zuerst langsam und dann immer schneller entfernt, bis es die jetzt heraufziehende Dunkelheit verschlingt.

Christian erinnert sich, er war dort an der pommerschen Ostseeküste nur für ein paar Tage gewesen, ein Feriengast, ein Familienbesuch. Es lag dreißig Jahre zurück, nun sitzt er hier, nach der Beerdigung seines Bruders, an der schwedischen Ostseeküste, im Garten seines Bruders, dessen Frau gegenüber.

Sie ist aufgestanden und geht in dem kleinen Garten hin und her. Es sieht aus, als prüfe sie die Blumenbeete, so, als müsse sie sich alles genau einprägen. Nun ist sie für ihn wieder die Frau seines Bruder. Sie sagt: »Jetzt muß ich den Garten pflegen, das wird schwer werden, es war seine Lieblingsbeschäftigung, und ich habe nie daran etwas tun dürfen. Aber jetzt muß ich es machen.«

Der Garten ist für sie Erinnerung, ein Stück Wirklichkeit, das sein Bruder hinterlassen hat. Der Garten wird sie immer daran erinnern, solange sie in diesem Haus lebt. Sie beginnt wieder, von seinem Bruder zu sprechen, von seiner Flucht nach Schweden.

»Damals, an jenem Morgen, habe ich mich sofort auf den Weg gemacht. Zuerst zur schwedischen

Fremdenpolizei. Ich war sehr aufgeregt. Die Ankunft deines Bruders in Schweden bedeutete für mich sehr viel, mehr, als du dir heute vorstellen kannst. Es war ein Zeichen aus der Vergangenheit, meines Lebens vor dem Krieg. Der Fischkutter hatte Philipp an einer einsamen Küste, vierhundert Meter vom Ufer entfernt ausgesetzt; aus Angst, näher heranzufahren, hatten sie von ihm verlangt, an Land zu schwimmen. Und so, schwimmend, ist Philipp nach Schweden gekommen. Es war noch dunkel, vier Uhr morgens, als er an Land ging, triefend naß natürlich, barfuß, die Schuhe hatte er auf dem Fischkutter zurückgelassen, um besser schwimmen zu können. Am Strand fand er niemanden, er sah keine Häuser, kein Licht – ein einsames, unwirkliches Land. Er begann zu laufen. Irgendwo, sagte er sich, mußte er jemanden treffen. Endlich, nach einer Stunde, sah er ein erleuchtetes Fenster. Er lief darauf zu, in dem Haus waren die Türen offen, er ging hinein, alles war ihm schon gleichgültig. Die morgendliche Kälte, der nasse Anzug an seinem Körper, seine nackten Füße, alles trieb ihn vorwärts, er ging durch den Korridor, kam in ein erleuchtetes großes Wohnzimmer, in eine andere Welt. Er begann zu rufen, wollte sich bemerkbar machen, und plötzlich stand ein Mann vor ihm, im Pyjama, verschlafen. Er stand dort, vor Philipp, und starrte ihn an: ein Fremder, ein triefend nasser Mann, barfuß, um vier Uhr morgens in seinem Wohnzimmer. Er sagte etwas, schwedisch natürlich, ein Ausruf des Erstaunens. Philipp verstand ihn nicht, aber Philipp antwortete, sagte, daß er ein Flüchtling sei, und nun verstand ihn der andere nicht. Doch dann begann dieser zu lachen, kein lautes Lachen, ein Lachen des erstaunten Vergnügens, ja, er kam auf ihn zu, zog ihm die nasse Jacke aus, forderte ihn mit unmißverständlicher Geste auf, auch die Hose auszuziehen und alles andere, verschwand darauf durch die gleiche Tür, durch die er gekommen war, und erschien bald darauf wieder mit neuen Kleidern, mit einem nadelgestreiften, blauen Anzug, mit Unterwäsche, mit allem, was Philipp brauchte, um sich neu einzukleiden. Alles war nicht ganz seine Größe, ein wenig zu klein, ein wenig zu eng, Philipp zog es trotzdem an, und der andere half ihm dabei. Dann standen sie vor einem Spiegel und beide mußten lachen: Die Hose war zu kurz, die Jacke auch, das Hemd schloß nicht am Kragen. Aber Philipp fühlte sich geborgen, angekommen, wie er später sagte, zu Hause in einem fremden Land. Er ließ sich in einen Sessel fallen, und der andere bot ihm eine Zigarette an. Dann kam eine Frau herein, sie war mittelgroß, etwas korpulent, aber ihr Gesicht strahlte Freundlichkeit aus, Frohsinn. Sie klatschte in die Hände und sagte etwas, was Philipp nicht verstand, aber zu verstehen glaubte, es klang für ihn wie: Nein, wen haben wir denn da, so früh am Morgen. Sie ging um ihn herum, um den Sessel, in dem er saß, sie begrüßte ihn, gab ihm die Hand, und Philipp wollte aufspringen, um sich zu verbeugen, doch sie drückte ihn gleich wieder in den Sessel zurück. Dann lief sie wieder hinaus, und kurz darauf glaubte Philipp, den Geruch frisch aufgebrühten Kaffees wahrzunehmen.

So begann Philipps Leben in Schweden. Als ich kam, einen Tag später, gehörte er schon zur Familie, die ihn nicht wieder weglassen wollte. Er lag im Bett mit leichtem Fieber, die Anstrengungen waren zu groß gewesen, die Flucht über das Meer, das Herumlaufen am frühen Morgen in nassen Kleidern an der schwedischen Küste. Aber es war mehr, es war der Anfang einer Krankheit, die ihn fast für ein Jahr in ärztliche Behandlung brachte. Doch das weißt du ja, er hat seitdem immer unter dieser Krankheit gelitten, eine Folge des Krieges, eine Rückgratversteifung. Die schwedischen Ärzte haben ihm geholfen, sehr geholfen.

Ich mußte alle möglichen Erklärungen abgeben vor der schwedischen Fremdenpolizei, mußte mich für ihn verbürgen, und zwei Wochen später kam er in ein Lager, in dem ich ihn oft besucht habe, bis er die Aufenthaltsgenehmigung bekam, bis er ein freier Mann in Schweden wurde.«

Sie hört auf zu erzählen, setzt sich wieder auf ihren Stuhl, die Hände zwischen den Knien, als habe sie den Garten, seinen Garten, vergessen.

Christian kommt es vor, als sinne sie jenen Tagen vor dreißig Jahren nach, den ersten Tagen mit Philipp in Schweden. Erst nach einer Weile des Schweigens sagt sie, überraschend für ihn: »Kommst du mit heute abend? Ich möchte dann noch einmal an sein Grab gehen.«
Ja, natürlich, er wird mit ihr gehen, wird sie begleiten, es ist selbstverständlich, auch er hat den Wunsch, die große, unbelebte einsame Wiese noch einmal zu sehen, das Grab seines Bruders in dieser Weite. Er nickt ihr zu: »Das sollten wir tun.«
Es fällt ihm auf, daß sie während des ganzen Tages nicht einmal geweint hat, ihre Trauer scheint ganz nach innen gekehrt. Ihre Tränen, denkt er, hat sie verschluckt, vielleicht aufbewahrt für die vielen, einsamen Nächte, die für sie kommen werden. Statt dessen glaubt er jetzt eine gewisse Unruhe zu spüren, etwas von ihrer Quecksilbrigkeit längst vergangener Zeiten. Sie lacht ihn an, es ist wieder dieses fragende, ironische Lächeln, das er kennt, ihr Lachen jener Jahre, sie sagt unvermittelt: »Daß du das alles vergessen hast, deine eigenen Gedichte, das kann ich gar nicht verstehen.« Und er erwidert: »Es ist zuviel geschehen seitdem, viel zu viel.« Er könnte ihr sagen: Die Zeit hat alles verdrängt, die explosiven Jahre, der Krieg, die Umwälzung, die Zerstörungen, die andauernde Bedrohung und Gefährdung der eigenen Existenz, die ständige Notsituation. Alles hat sich dadurch ja verschoben, ver-

ändert, auch die Empfindungen haben sich gewandelt, die Zuneigungen. Er vermeidet das Wort Liebe. Er sagt es nicht einmal zu sich selbst, aber je länger er ihr gegenübersitzt an diesem Nachmittag, am Tag der Beerdigung seines Bruders, um so mehr kommt ihm die so weit zurückliegende Vergangenheit wieder näher. Es sind flüchtige Bilder zunächst, die da emporsteigen, manchmal vergilbten Fotografien gleich.

Doch sie beginnt wieder zu reden, sie sagt: »Merkwürdig, ich glaube, ich weiß alles besser als du, ich erinnere mich sehr genau an einen bestimmten Tag, es war der 1. Mai 1933. Damals habe ich dich zum ersten Mal besucht. Du wohntest in der Nähe des Tempelhofer Feldes, dort auf dem Feld fand eine Riesenkundgebung der Nationalsozialisten statt, Hunderttausende marschierten auf. Ich bin am frühen Nachmittag zu dir gekommen. Damals ist mir zum ersten Mal ganz bewußt geworden, was ich für dich empfand; es war wie eine jähe, plötzliche Erkenntnis, es kann dir nicht viel anders ergangen sein, ich glaube es wenigstens.«

Ja, sie hat recht, es war ihm genau so ergangen. Was sich fast über drei Jahre hingezogen hatte, drei Jahre des Briefwechsels, damals war es aufgebrochen, spontan, elementar. Er erinnert sich jetzt sogar an seine Empfindungen an jenem Tag, es war ein Ausbruch der Gefühle gewesen, jäher und größer, als er erwartet hatte. Nichts war mehr Spiel. Er erinnert sich: der kleine Balkon, der zur Straße hinausging, nur ein paar hundert Meter vom Tempelhofer Feld entfernt, der sonnige Maitag, die aufmarschierenden Massen, von denen auch die Straße belebt war, der schnelle Entschluß, wegzugehen, irgendwohin, wo man allein sein konnte, ohne die Zimmerwirtin, ganz allein. Doch alles war anders gekommen, als sie es sich wünschten. Die Masse hatte sie mitgerissen, mit weggespült, immer mehr auf das Tempelhofer Feld hinaus. Der Stadtbahnhof, den sie erreichen wollten, hatte sich immer weiter von ihnen entfernt. Er sieht es wieder vor sich, sich selbst, eingekeilt in eine jubelnde, begeisterte, schwitzende, schreiende und nach seiner Ansicht verrückte Masse. Er hatte sich gewehrt, hatte versucht, sie an seiner Hand mit sich zu ziehen, gegen den Strom der Menschen. Er erinnert sich der Angst, die ihn und auch sie überfallen hatte, Angst vor den Gesichtern, die ihm alle entstellt vorkamen, Angst, in dieser Masse erdrückt zu werden. Und dann: Plötzlich war sie weg, sah er sie nicht mehr. Er rief: »Karoline!« rief es immer wieder, aber der Lärm der Begeisterung rings um ihn herum verschluckte seine Stimme. Es verging fast eine Stunde, bis es ihm gelang, aus der Masse herauszukommen. Erschöpft begann er nach ihr zu suchen, am Rande des Feldes. Haß hatte sich in der kurzen Zeit in ihm aufgestaut, Haß auf alle, die Karoline von ihm getrennt hatten und die

vor ihm ihren neuen Führer feierten. Er sah die riesigen Fahnentücher, die an der Stirnseite des Feldes von großen Gestängen herabhingen, Hakenkreuzfahnen, das Symbol einer neuen Zeit, er haßte und fürchtete es. Er versuchte, am Rand des Feldes hin und her zu laufen, Menschen versperrten ihm den Weg, immer wieder Menschen, festlich gekleidete Menschen, in Uniformen, in Zivil, Begeisterte und Neugierige. Er fand sie nicht, die Masse hatte sie aufgesogen, verschluckt, ein riesiges, aufgerissenes, tödliches Maul, ein giftiger Rachen. So hatte er es damals empfunden, und so empfand er es auch heute noch.
Erst am Abend fand er Karoline wieder, als er nach Hause ging, zurück in sein Untermieterzimmer, abgekämpft, müde, enttäuscht. Dort stand sie, vor dem Haus, in dem er wohnte, erschöpft wie er. Sie hatte sich keinen anderen Rat gewußt, als sich hierher durchzuschlagen und hier in dieser Straße auf ihn zu warten.
Er weiß nicht mehr, was sie damals, an diesem Abend, in diesem Augenblick des Wiedersehens miteinander geredet haben. Er versucht sich zu erinnern, aber jedes Wort ist abhandengekommen, nichts ist davon nach fünfzig Jahren geblieben, nur die Bilder sind da, die unzerstörten Bilder.
»Es war ein schöner Tag, er hatte so wunderbar für mich begonnen und endete so schrecklich.«
Sie sagt es, ohne ihn anzusehen, mehr zu sich selbst.

Er weiß, welche Angst sie damals ausgestanden haben mußte. Er nickt ihr zu. Jetzt weiß er auch, wie dieser Tag zu Ende ging, er erinnert sich in diesem Augenblick an alles. Er hatte sie zur Stadtbahn gebracht, und sie war davongefahren, entmutigt und enttäuscht vielleicht. Nein, er will nicht mehr daran zurückdenken, an diesen Tag des Aufbruchs und der Enttäuschung, es waren die Umstände dieser Zeit, die irrationale Massenbewegung, der nicht faßbare Glaube der Massen, ein aufgewühltes Meer, das alle Dämme durchbrochen und alle Widerstände überflutet hatte. Er kann es sich nicht mehr vorstellen, alle Empfindungen dafür wie dagegen sind erloschen, eine ferne Vergangenheit.
Sie erinnert ihn wieder an Paris.
»Damals wart ihr noch voller Hoffnung. Euer Sieg stand fest, er war selbstverständlich, er mußte kommen, in spätestens einem Jahr. Nacht für Nacht, bis zum frühen Morgen, haben wir in den Cafés herumgesessen, analysiert, diskutiert, alles auseinandergenommen, wir haben uns gestritten, ja, sogar sehr gestritten. Aber Hitlers Tage waren für uns gezählt, es kam für euch nur noch auf den richtigen Weg an. Im übrigen war da die Gesetzmäßigkeit der Geschichte, davon wart ihr überzeugt, von der Dialektik der geschichtlichen Entwicklung, sie mußte ja alles von selbst erledigen und brauchte euch gar nicht. Das habe ich oft gedacht, aber nie

gesagt. Es war ein Widerspruch, vielleicht war ich zu feige oder zu schüchtern, das zu sagen. Es hätte euch furchtbar aufgebracht, und wahrscheinlich hätten mich einige deiner Freunde wie ein kleines Mädchen behandelt, das sich nicht auskennt und deswegen noch viel lernen muß. Ihr wart sehr von euch überzeugt, von euren Ansichten, ihr wart überheblich und arrogant.«

Er gibt ihr recht. Ja, so war es wohl gewesen: jugendliche Überheblichkeit, jugendliche Arroganz. Ihre Diskussionen, ihre vielen Analysen hatten sich als das erwiesen, was sie waren: Spreu im Wind der großen Umwälzung, der heraufziehenden Veränderungen. Nichts daran hatte sich als richtig erwiesen, nichts hatte Bestand gehabt.

Sie sitzt vor ihm und hat jetzt die Augen geschlossen, vor der Sonne vielleicht, oder als sinne sie jenen Tagen nach, fünfzig Jahre zuvor, in Paris.

Nachts kann er durch das Fenster die angestrahlte, erleuchtete Nôtre Dame sehen. Sie wirkt auf ihn gespenstisch, ein Monument aus mittelalterlicher Zeit, das ihn nicht interessiert. Nur die Gegenwart zählt, die Auseinandersetzungen, der Kampf, dieses Jahr. Paris darf nur eine Episode bleiben, eine Etappe auf dem Weg zum politischen Sieg. Auch er glaubt nur an eine Interimszeit für die nationalsozialistischen Kräfte, die schon den Keim des Todes in sich trägt.

Das Zimmer, von dem aus er auf Nôtre Dame sehen kann, ist nicht sehr geräumig, schlecht, oder besser: fast gar nicht möbliert. Ein breites Bett, ein wackliger, sehr alter Schrank, ein altmodischer Waschtisch, zurückgeblieben aus dem vergangenen Jahrhundert. Die gemalten Blumen auf den Tapeten sind schon grau, haben wahrscheinlich viel gesehen und sitzen nach seiner Ansicht voller Wanzen, die sich erst in der Nacht bemerkbar machen: ein französisches Hotelzimmer, wie es in dieser Stadt viele gibt.

Jeden Morgen erwacht Karoline rot zerstochen, übersät von Wanzenstichen, aber sie nimmt es hin, ohne darüber zu klagen, es gehört für sie zum französischen Leben. Ihr Optimismus ist unverändert. Sie lacht viel, ist neugierig und nimmt nur wahr, was ihr gefällt. Sie leben beide von ihrem Geld, von den zweihundert Mark, die sie monatlich aus Deutschland, von ihren Eltern, überwiesen bekommt. Es stört ihn nicht, es ist ihm gleichgültig, und auch für sie ist es ohne jede Bedeutung. Aber sie leben nicht allein davon, oft müssen sie ihren emigrierten, geflohenen Freunden helfen. Auch das scheint ihnen selbstverständlich. Es sind nur wenige Wochen seit ihrer Ankunft vergangen, Tage, die davongeflogen sind, ohne daß sie es bemerkt haben, gemeinsame Tage, die nur ihnen gehört haben, ihnen allein. Nun ändert es sich, ändert sich unmerklich, allmählich, der Alltag kommt zu ihnen herein, er zerstört nichts, aber er verändert.
Es ist ein regnerischer, trüber Tag, Vormittag: Sie liegen noch immer in dem breiten Bett, noch haben sie nichts gegessen, nichts getrunken, es kommt ihm vor, als könnten sie es für immer vergessen. Alles, was draußen geschieht, geschieht nicht, es ist nicht wahr, nicht Wirklichkeit für sie.
Da kommt Alex herein, Alex Smirnoff, der sie am Gare du Nord empfangen hat, ihr Freund aus Berlin, der schon im Februar geflohen ist, er steht plötzlich in der Tür, die nicht verschlossen ist, steht

dort und lacht: »Ich habe schon ein paarmal geklopft, aber ihr habt mich nicht gehört.«
Er hält sich die Hand vor den Mund, als müsse er sich das Lachen verbieten, er hüstelt ein wenig, ein seltsames, hüstelndes Lachen, es tritt immer auf, wenn er verlegen ist oder sich nicht zu helfen weiß. Christian kennt es aus den letzten zwei Jahren in Berlin, er kennt es sehr genau. Er weiß, dies ist nicht allein Unsicherheit, es ist mehr, es bedeutet, daß ihn, Alex, irgend etwas bedrückt. Sein Weg in dieses, ihr Zimmer, muß einen Anlaß haben, der wahrscheinlich beunruhigend ist. Er steht am Fußende des Bettes, eine lange, hagere Gestalt, etwas nach vorn gebeugt. Seine Augen lächeln hinter den Pincenezgläsern. Christian kommt es so vor, als lächelten sie. Karoline neben ihm hat die Bettdecke bis ans Kinn emporgezogen, nur ihr Kopf ist zu sehen, die Fülle ihrer kastanienbraunen Haare. Sie sagt: »Mein Gott, Alex, ist etwas los?«
»Nichts Besonderes«, antwortet er, »nein, nichts Besonderes. Ich will nur mit Christian ein Stück spazieren gehen.«
»Allein?«
»Ja, vielleicht allein. Ich glaube, es ist besser so. Bist du mir böse?«
Sie schüttelt den Kopf. Es sieht merkwürdig aus auf dem Kissen, die langsame Bewegung ihres Kopfes, ihre Haare knistern dabei. Nein, sie ist nicht böse, sie wundert sich nur, sie ist beunruhigt

und neugierig zugleich, und vielleicht besorgt. Sie sieht zu Alex auf und dann Christian an. »Ja, dann geh nur mit, ich warte hier auf dich.«
Es ist das erste Mal, daß Christian sie allein läßt hier in Paris. Bis jetzt sind sie jeden Tag, jede Stunde zusammengewesen, doch er steht auf und zieht sich an, während Alex in dem Zimmer hin und her geht, die Hände auf dem Rücken, und sich dabei mit Karoline unterhält. Er spricht von der Einsamkeit hier in Paris, von dem Alleinsein, besonders, wenn man ein Fremder sei. Gewiß, er kenne viele Leute, aber nichts sei verbindlich, nichts habe Bestand, niemand kümmere sich ernsthaft um den anderen. Er gebe Unterricht in deutscher und russischer Sprache, doch er habe keine Beziehung zu seinen Schülern. Für sie sei er ein Fremder, ein Emigrant, einer, der eigentlich überflüssig ist. Nie werde er bei den Franzosen eingeladen, seine Bekanntschaften beständen nur aus Emigranten, denen es nicht anders ginge als ihm selbst. Er sagt das alles leichthin, ohne Bitterkeit, und geht dabei mit seinen langen Beinen von einer Wand zur anderen, nicht unruhig, nicht nervös. Manchmal sieht er zu Karoline hinüber, die mit hinter dem Kopf verschränkten Händen im Bett liegt und ihm mit ihren Augen folgt. »Ja, sie tolerieren uns, sie sind großzügig, sie lassen uns leben, aber sie helfen uns nicht.«
Christian hört den Satz hinter sich, er steht am Waschtisch, um sich für den Spaziergang fertig zu

machen. Noch nie hat er von Alex solche Worte gehört, bis jetzt schien alles selbstverständlich, immer hatte sich Alex souverän gegeben, oft zynisch, wie es seine Art war, meistens mit lächelnder Überlegenheit. Nie hatte er geklagt, nie über sich selbst gesprochen. Nein, Christian weiß nichts von ihm, nichts von seinem Leben, wie er lebt, wovon er lebt. Alles war für ihn immer verschleiert gewesen, ein Geheimnis, über das er nie nachgedacht hat. Erst jetzt, hier in diesem französischen Hotelzimmer, über den Waschtisch gebeugt, wird es ihm bewußt. Er kennt Alex seit zwei Jahren, aus den leidenschaftlichen, eruptiven Jahren in Berlin, aber immer haben sie sich nur über Politik unterhalten. Karoline, er nimmt es wahr, hört nur zu, sie unterbricht ihn nicht, fragt nichts und sagt nur einmal zu ihm, Christian: »Komm bald zurück.«
Sie gehen aus der kleinen Straße hinaus in den Boulevard St. Germain, sie gehen nebeneinander her, wie sie es in Berlin oft getan hatten. Christian erinnert sich an ihren letzten Spaziergang gleich nach dem Reichstagsbrand. Damals waren sie in eine große Razzia der SA hineingekommen, überall waren Lastwagen aufgefahren, fast in ganz Charlottenburg. Angst hatte sie überfallen, Angst, selbst verhaftet zu werden. Sie durften nicht auffallen, sie waren beide verdächtig. So waren sie an den dunklen Häuserwänden entlanggeschlichen, waren andererseits gelaufen, so schnell es ihnen möglich

war, und hatten schließlich den Kurfürstendamm erreicht. Noch in der gleichen Nacht war Alex verhaftet worden, und man hatte ihm freigestellt, entweder nach Frankreich oder in die Sowjetunion ausgewiesen zu werden. Er hatte sich für Frankreich entschieden. Mehr weiß Christian nicht, weder Genaues von der Verhaftung, noch vom Verhör, noch von seiner Ausweisung und seiner späteren Flucht. Er hat nie danach gefragt, es fällt ihm nur ein, jetzt, wo sie den Boulevard St. Germain hinaufgehen, dicht nebeneinander, Alex die Hände auf dem Rücken, gebeugt, als trüge er eine schwere Last. Sie achten nicht auf das Leben in der Straße, nicht auf die Passanten, nicht auf den Lärm des Verkehrs, auf das Geschrei der Verkäufer. Sie sind ganz mit sich beschäftigt, ganz in sich befangen. Christian will wissen, warum Alex ihn aus dem Bett geholt hat, früh am Vormittag, zu einer für ihr Leben in Paris ungewöhnlichen Zeit. Er fragt es nebenbei, er gibt sich Mühe, gleichgültig zu erscheinen, wie es ihre Art ist, solange sie sich kennen.

Alex hüstelt wieder, es macht ihm offensichtlich Schwierigkeiten, den wahren Grund auszusprechen. Dann bleibt er stehen, fast ruckartig, richtet sich ein wenig auf und sagt: »Ich habe Hunger. Das ist alles.« Der Satz kommt nicht wie sonst von seinen Lippen, er bricht, so erscheint es Christian, aus ihm heraus und springt ihn unmittelbar an.

Alex Augen hinter dem Pincenez lächeln noch immer, lächeln, und Christian steht da und weiß keine Antwort. Jedes Wort kann falsch sein, kann ihn verletzen. Er sieht von ihm weg in den Verkehr, auf die Passanten, nur für einen Moment, für eine Sekunde. Es ist ihm peinlich und auch wieder nicht, er weiß es nicht genau, er möchte helfen und weiß doch zugleich, daß er es gar nicht kann. Es ist Karolines Geld, von dem sie leben, und es reicht oft nicht einmal für sie beide. Er sagt: »Ich werde mit Karoline sprechen.« Er verschluckt es halb, es ist ein fast unausgesprochener Satz. Alex steht vor ihm und blickt ihn noch immer an. Es ist kein Mitleidsverlangen in seinem Blick, keine Forderung, aber etwas wie Hoffnung ist da, eine Erwartung an ihn gerichtet, an ihn, Christian, seinen Freund. Er sagt, und es klingt wie eine Bitte: »Kannst du mich wenigstens zum Essen einladen? Ich weiß ein ganz billiges Lokal, ein Emigrantenlokal, dort kostet es nicht viel.« Christian nickt. Ja, er hat ein wenig Geld bei sich, es wird für sie beide reichen. Er kommt sich wie erlöst vor, jetzt, in diesem Augenblick, er sagt erleichtert: »Komm, laß uns gehen.«
Sie gehen durch Straßen, die Christian nicht kennt, Nebenstraßen. Er weiß nach kurzer Zeit nicht mehr, wo sie sich befinden. Die Stadt verändert sich, wird ärmer, trostloser. Er verliert jede Orientierung. Paris hat ihn bis jetzt nicht interessiert, jedenfalls nicht sonderlich, es ist nur ein Zufluchts-

ort für ihn, nicht mehr. Alex Smirnoff geht schnell, er hat es eilig und ist Christian immer einen halben Schritt voraus. Das Haus, vor dem er stehenbleibt, ist halb verfallen, der Putz ist stellenweise abgebröckelt, es sieht nicht sehr einladend aus. Doch er geht hinter Alex her hinein. Der Lärm, der ihnen entgegenschlägt, besteht aus Wörtern, halben Sätzen, ein Wortgewimmel in allen Sprachen, laut, als hätte das Zimmer, in das sie eingetreten sind, keine, ja, nicht die geringste Akustik. Die Luft ist unerträglich, dick, erstickend. Christian empfindet es so, er möchte sich umdrehen und wieder hinausgehen. Der Geruch der Speisen stört ihn, dieser penetrante Armeleutegeruch, es kommt ihm vor, als sei er in ein Obdachlosenasyl gekommen. Doch Alex geht voraus, ganz selbstverständlich, er ist hier zu Hause, er scheint sich auszukennen, und er findet schnell zwei freie Plätze.

»Wundere dich nicht, dies ist das andere Paris. Du kennst es nicht, aber ich meine, du mußt es kennenlernen. Findest du nicht?«

Er nimmt sein Pincenez bei diesem Wort ab und putzt die Gläser mit seinem Taschentuch. Er erwartet keine Antwort, er ist schon mit einer leicht vergilbten, handgeschriebenen Speisekarte beschäftigt.

Christian sieht in die Gesichter rings um ihn herum, sie kommen ihm alle fremdartig vor, manche ruhelos, verstört, und Alex sagt, als habe er Christians verwunderte Neugier bemerkt: »Sie sind aus allen möglichen Ländern, Hinausgeworfene, Flüchtlinge, Verfolgte, du kannst dir die Nationen aussuchen, hier findest du sie alle.«

Christian will nichts bestellen, nur Alex ißt, er ißt schnell, ohne Pause, ohne aufzublicken, irgendein Kohlgericht, für das Christian keinen Namen weiß. Er möchte gern wissen, ob hier auch Deutsche sind, er hört die eigene Sprache nicht. Er spricht Alex darauf an, und dieser lehnt sich für einen Augenblick zurück: Nein, Deutsche seien hier nur selten, hin und wieder. Er, Alex, habe noch niemanden hier getroffen, der ihm aufgefallen sei, doch das könne sich ändern. Und gleich darauf beginnt er vom Emigrantenschicksal hier in Paris zu sprechen. Unterstützungen gebe es kaum, ja, dieses Lokal hier gehöre irgendeiner internationalen Hilfsorganisation, aber genau wisse er das nicht, er habe sich nie dafür interessiert, nur in letzter Zeit sei er oft hiergewesen. »Immer, wenn es mir schlecht geht«, sagt er, »wenn ich gar nicht mehr weiter weiß, und in den letzten Wochen war ich häufig hier.« Er sieht Christian an und lächelt, lächelt über Christians Unkenntnis, sein Nichtwissen. Seine Augen hinter den Pincenezgläsern wirken etwas verschleiert wie häufig, nicht ganz erkennbar für Christian. Er spricht nach einer Pause, in der er sich noch einmal mit seinem Kohlgericht beschäftigt, gleich weiter. Es sei, sagt er, nicht einfach, hier zu leben. Gewiß, er gebe hin und wieder Privatunterricht, doch das reiche nicht einmal für ein paar Tage. Manchmal, aber sehr selten, bekomme er auch etwas Hilfe aus Berlin, auf Umwegen natürlich, von einer Freundin, einer Ärztin an der Charité, das sei alles. Er, Christian, könne sich glücklich schätzen, daß er Karoline bei sich habe, allein würde er hier verloren sein wie andere auch, es gehe ja allen so. Ob er es noch nicht bemerkt habe?

Nein, er hat es noch nicht bemerkt, noch nie darüber nachgedacht, es sich nie überlegt. Vielleicht war er zu befangen durch sein Leben mit Karoline, vielleicht war er mit geschlossenen Augen durch Paris gegangen, hatte nichts wahrgenommen, nichts überlegt. Keiner seiner Freunde, seiner ehemaligen Genossen, seiner politischen Mitstreiter aus Berlin hatte bis jetzt von sich selbst gesprochen. Sie hatten nur diskutiert, immer war es ihnen um die Zukunft gegangen, um die politischen Veränderungen in Deutschland, nie hatte es ein anderes, ein privates Gespräch gegeben. Irritiert sieht er auf Alex, in sein Gesicht, das ihm im Augenblick sehr klein, fast winzig vorkommt. Er fragt nach den anderen: »Und wie geht es ihnen, wovon leben sie, sie müssen doch irgendwovon leben. Weißt du es?«

Aber Alex Smirnoff weiß es nicht, nicht genau, nicht so, daß er eine Auskunft geben könnte. Er schüttelt nur verneinend den Kopf: »Sie schlagen sich alle irgendwie durch, aber keiner hilft dem anderen, jeder muß allein damit fertig werden, es gibt nicht das, was wir so oft in Berlin beschworen haben, die Gemeinsamkeit, die Solidarität.« Er lacht ein wenig bitter dabei, er lacht, Christian glaubt es zu spüren, über das Wort Solidarität, so, als sei es unglaubwürdig geworden. Der Kampf um die eigene Existenz, um das Überleben um jeden Preis hat es anscheinend illusorisch gemacht, jedenfalls für ihn, Alex Smirnoff. Christian sieht auf dessen blasse Hände, die er vor sich auf dem Tisch liegen hat, gefaltet, als wolle er, der Atheist, beten. Sie erscheinen ihm noch durchsichtiger als sonst, Hände, die er einmal Raubvogelhände genannt hat, mit langen, krallenartigen Fingern und viel zu langen Fingernägeln.

Alex war Trotzkist, ein Anhänger Leo Trotzkis. Vielleicht hatte er deswegen die Sowjetunion verlassen müssen, für ihn hatte es niemals etwas anderes gegeben als die Revolution, die große, proletarische Revolution, die global, international sein mußte. Dafür hatte er gelebt, daran hatte er geglaubt. Nun glaubt er anscheinend nicht mehr, ist nicht mehr davon überzeugt. Nur für einen Moment, eine Sekunde, denkt Christian: Vielleicht ist das alles schon Vergangenheit für ihn, Geschichte, die nicht mehr in die Gegenwart hineinwirkt. Aber der Gedanke verschwindet wieder wie er gekom-

men ist. Es kann nicht sein, er, Christian, hält es nicht für möglich. Anschauungen und Überzeugungen, die so tief sitzen, können sich nicht verändern. Er möchte seine Hand auf die Hände von Alex Smirnoff legen, eine tröstende Geste. Er weiß, sie ist unangebracht. Alex Smirnoff würde sie nicht verstehen, nichts ist beiden fremder als jede Art von Sentimentalität. Er möchte gern wissen, welche Verbindungen Alex zu anderen Gruppen hat, zu den französischen Links-Parteien, aber er fragt nicht. Statt dessen sieht er wieder in die Gesichter der Essenden, Redenden, Lärmenden an den Tischen. Vielleicht ist ihr Schicksal auch das seine, morgen oder übermorgen, in einem Jahr, in zwei oder mehr Jahren. Er läßt den Gedanken gleich wieder fallen. In einem Jahr wird er längst zurück sein, wieder in Deutschland, Hitlers Kanzlerschaft kann nur kurze Zeit dauern, sein Führungsanspruch scheint ihm schon jetzt verspielt.
»Wir können gehen«, sagt Alex, »es gefällt dir hier sicher nicht.«
»Nein«, antwortet Christian, »nicht sonderlich.« Aber Alex steht nicht auf, macht keine Anstalten, sich zu erheben. Er lehnt sich zurück, nimmt wieder sein Pincenez ab, putzt etwas umständlich und langsam die Gläser mit seinem Taschentuch. Er hat viel Zeit, überflüssige Zeit. Auf ihn wartet niemand, keine Karoline in einem alten französischen Hotelzimmer, niemand. Erst jetzt wird es Christian

bewußt: Alex ist schon seit Februar hier, er mußte sich längst eingelebt haben. Er spricht jetzt von den Leuten, die um sie herumsitzen, er kennt ihre Nationalität und bei einigen wenigen auch ihre früheren Berufe, ihre politische Vergangenheit. Er sagt: »Der dir gegenübersitzt, an dem dritten Tisch, ist ein Russe, ein Landsmann von mir, sozusagen.« Oder: »Der ist ein Armenier.« Er lacht dabei, wie es seine Art ist, doch versteckt ironisch, als amüsiere er sich über die Schicksale der anderen. Vielleicht lächelt er auch über sich selbst und sein Leben hier, doch alles scheint gleichzeitig unverbindlich und hat keinen Bezug zu ihm, Christian. Er ist dem nicht ausgesetzt, sein Aufenthalt ist ja nur ein vorübergehender. Er glaubt daran, auch jetzt. Nichts verbindet ihn mit den Schicksalen der anderen, die den kleinen, schmalen Raum füllen. Er möchte gehen, sofort, er erhebt sich, und jetzt steht auch Alex auf. Sie gehen durch die Tischreihen, ziehen sich die Mäntel an, die an einem alten Garderobenständer hängen, und erst als sie draußen sind, atmet Christian auf, als habe er etwas Bedrückendes hinter sich gelassen.

Sie gehen zurück, durch kleine Straßen, Nebenstraßen, wieder dem Boulevard St. Germain zu, Alex Smirnoff wieder etwas voran, nicht mehr so eilig wie vorher, nicht ganz einen halben Schritt. Er geht etwas nach vorn gebeugt, die unruhigen Hände auf dem Rücken, ineinandergefaltet. Christian weiß, er muß ihm helfen, irgendwie, aber es ist ihm unklar, wie er ihm helfen kann.

Sie verabschieden sich auf dem Boulevard, kurz bevor er in die kleine Straße abbiegt, in der sein Hotel liegt. Und plötzlich hat Christian es eilig, es kommt ihm vor, als könne Karoline nicht mehr oben sein, in dem kleinen Zimmer im ersten Stock. Er läuft in das Haus hinein, an der Concierge vorbei, die Treppe hinauf. Ohne sie, denkt er, geht es mir so wie Alex, wie allen anderen, bin auch ich einsam und verloren in dieser Stadt. Das Zimmer ist leer, die Vorhänge sind vorgezogen, das sonst immer unordentliche Bett ist gemacht. Er findet keine Nachricht, keinen Zettel, nichts. Eine panikartige Unruhe packt ihn, wirkt sich auf ihn für einen Augenblick fast lähmend aus, ein Gefühl, das er nicht kennt oder nicht zu kennen glaubt. Er läuft aus dem Zimmer, ohne die Tür zu schließen, rennt die Treppe hinunter.

Gleich um die Ecke, schon auf dem Boulevard St. Germain, ist ein Bistro, ein kleines Café, in dem sie oft frühstücken, dort wird sie vielleicht sitzen und auf ihn warten. Er reißt die Tür auf, und im gleichen Moment kommt er sich selbst seltsam vor, seine plötzliche Unruhe, dieses ihm unerklärliche Gefühl, sie zu verlieren, jetzt, hier, an diesem grauen, leicht regnerischen Tag. Ja, sie sitzt dort, an der kleinen Theke, eine Tasse vor sich, ein Croissant in der Hand, sieht ihn an, lächelt ihm entgegen, hilflos vielleicht, etwas verärgert über sein langes Ausbleiben. Auch sie, denkt er, ist ja verloren, allein in dieser Stadt ohne mich. Aber sie ist wie immer, optimistisch, selbstsicher, sie unterhält sich mit dem Mann hinter der Theke, wobei sie nach den passenden Wörtern sucht und immer fröhlich erleichtert ist, wenn sie eines gefunden hat. Sie sagt: »Du warst lange weg. Was wollte denn Alex?« Und er steht neben ihr und weiß nicht gleich eine Antwort. Er möchte sagen: Er hatte Hunger, kannst du das verstehen? Aber er zögert, er sagt es nicht, etwas hält ihn zurück, das Wort erscheint ihm zu kraß, es ist mehr als ein Wort, es sagt zu viel aus. Er sieht sie nur an, sagt: »Entschuldigung«, bestellt auch für sich Kaffee. Nein, Alex Smirnoff und Hunger, das entspricht nicht dem Bild, das sie von ihm hat, zerstört vielleicht ihre Vorstellung von ihm, so wie es für ihn ein momentaner Schock war, den er schon überwunden hat. Also sagt er nur: »Es geht ihm anscheinend schlecht, er hat Sorgen.« Und sie fragt zurück: »Was für Sorgen?« Es ist eine Frage, die jeder stellen kann, es gibt so viele Arten von Sorgen. Sie sagt es leichthin, es beunruhigt, es belastet sie nicht, doch in ihrer Frage ist wieder eine Spur von Neugier, er sieht es in ihren Augen wie so oft, wenn sie Fragen stellt.

»Erzähl mir von ihm«, sagt sie und nimmt dabei ein Croissant aus dem Korb, der auf der Theke steht,

und hält es ihm hin. »Du hast sicher noch nichts gegessen.« Und er beginnt, während er in den Croissant beißt, zu erzählen, wo er mit Alex war, von dem Lokal, von den Leuten, die er dort gesehen hat, von der Armut, die ihn bedrückt. »Alles ist schlimmer, als ich es mir vorgestellt habe.« Und endlich sagt er: »Ich glaube, wir müssen ihm helfen, er erwartet es jedenfalls von uns, er weiß nicht mehr weiter.«
Sie sieht ihn immerfort schweigend an, hört ihm ohne jede Nebenbemerkung zu, seine Mitteilung überrascht auch sie, doch sie nimmt es leichter auf als er, unbeschwerter, und sie antwortet, nachdem er aufgehört hat zu erzählen: »Hast du das erst jetzt bemerkt? Ich weiß es schon lange, schon seit den ersten Tagen hier in Paris. Es geht doch allen schlecht, allen, die wir kennen und die mit uns hier sind. Nur von Alex wußte ich es nicht, ich glaubte, ihm ginge es gut. Also, wie wollen wir ihm helfen, wie stellst du dir das vor?«
Er weiß keine Antwort auf ihre Frage, er hat keinen Vorschlag. Er schweigt, als überlege er dies und das, was man tun könne. Es fällt ihm nichts ein, so schüttelt er den Kopf und sagt: »Ich weiß es nicht.«
Ihr Gesicht verändert sich leicht und wird nachdenklich, während er ein paar Bemerkungen über das Verlorensein, die Armut der Emigranten macht, er sagt: »Ich möchte dort nie wieder hingehen«, und weiß doch, während er spricht, daß dies

auch sein eigenes Schicksal sein kann, sie braucht ihn nur zu verlassen, nach Deutschland zurückzugehen.
Der Gedanke bedrückt ihn, zum ersten Mal spürt er etwas wie Abhängigkeit, materielle Abhängigkeit, nein, er hat bisher nie darüber nachgedacht. Alles war selbstverständlich, er hat es nicht einmal bemerkt, erst jetzt wird es ihm ganz bewußt, aber er verschweigt es vor ihr. Er weiß, es würde sie kränken.
»Ich weiß es auch nicht«, sagt sie, »wir kommen selbst nicht zurecht, wir haben doch selber nichts. Na gut, wir können das Wenige, was wir haben, noch einmal teilen. Wenn du es willst, mache ich mit, aber dann sind wir schon nach der ersten Woche des Monats am Ende. Und was dann?«
Ja, sie hat recht. Immer warten sie auf den Wechsel aus Deutschland, und wenn er sich verspätet, geraten sie sofort in Schwierigkeiten. Auch sie möchte Alex Smirnoff helfen, er sieht es ihr an, auch sie wirkt auf ihn jetzt verloren, hilflos. Ihr Gesicht, ihre Augen, ihr Mund: Alles ist plötzlich mutlos oder es kommt ihm nur so vor, vielleicht ist es nur seine eigene Mutlosigkeit, die sich in ihrem Gesicht widerspiegelt. Doch sie fängt sich wieder, schneller, als es ihm möglich ist, ihr Gesicht verzieht sich zu einem Lächeln, es ist wieder ihr halbverstecktes, leicht ironisches Lächeln. Sie rutscht von ihrem Hocker herunter, springt fast energisch auf ihre

Füße: »Wir müssen darüber nachdenken. Vielleicht fällt uns etwas ein.«
Es klingt wieder optimistisch, sie hat den Anflug der Niedergeschlagenheit wie mit einer Handbewegung fortgewischt. Sie lebt – er spürt es stärker denn je – für diese Tage mit ihm, für diese Stunde, für diesen Augenblick.
Die Zukunft ist fern, nicht faßbar, ganz unwichtig. Sie schiebt die Hand unter seinen Arm, als sie aus dem Bistro treten, und geht neben ihm her mit ihrem federnden, energischen Schritt. Sie sagt: »Laß uns gleich wieder nach Hause gehen«, und er nickt, als sei dies die einzige Möglichkeit, der Gegenwart zu entrinnen.

»Als Philipp hierher kam, war Schweden ein vom Frieden verwöhntes Land, es hatte einen Krieg gewonnen, an dem es nicht teilgenommen hat.«
Sie sinnt diesen Sätzen nach, als sei sie gleichzeitig erstaunt über ihre eigenen Gedanken, darüber, daß man mit dem Frieden den Krieg gewinnen kann und daß Schweden, ihr Schweden, ihn vielleicht gewonnen hat. Sie ist Schwedin, schon seit über zwanzig Jahren, sie liebt dieses Land, die Menschen hier, die Sprache, die sie sprechen, die ihm so fremd ist und die schon längst ihre eigene geworden ist, sie fragt, ob das ein dummer Gedanke sei, er sei ihr nur plötzlich gekommen. Er könne sich vielleicht das Schweden von damals nicht vorstellen, ein traumhaftes Land, ein Land der Ruhe. Ja, es sei auch Ablehnung dagewesen, viel Ablehnung sogar, manchmal Haß. »Aber ich habe nur Verständnis und Hilfe gefunden, und Philipp haben sie mehr geholfen, als jedem anderen. Gewiß, das Lager, das Auffanglanger für Flüchtlinge, ein Lager wie jedes andere, und doch besser als zu jener Zeit bei uns,

komfortabler auf jeden Fall. Aber Philipp sprach nicht schwedisch, er konnte sich nicht verständigen, und er wurde auch noch krank, sehr krank sogar.

Damals bin ich, wann immer ich konnte, in das Lager gefahren, um ihm zu helfen. Er hatte ja niemanden, er war auf mich angewiesen. Nach einigen Wochen brachte man ihn ins Krankenhaus, es ging nicht anders. Weißt du, was das heißt, in einem Krankenhaus zu liegen, in dem du niemanden verstehst, weder die Schwestern, die Pfleger, noch die Ärzte? Es war keine leichte Zeit für ihn. Damals habe ich ihn oft besucht, fast jede freie Stunde. Und ich hatte ja auch niemanden außer ein paar flüchtigen schwedischen Bekannten. Es war aber doch, wenn ich heute daran zurückdenke, eine schöne Zeit.«

Er versteht das, ein wenig weiß er davon, er weiß, bei seinem Bruder Philipp hatte sich damals eine Krankheit eingestellt, die ihn nie mehr ganz verließ und die schließlich wohl zu seinem zu frühen Tod führte. Mehr weiß er nicht, sein eigenes Leben in jener Zeit war zu unruhig gewesen, zu sehr angefüllt mit den Ereignissen der ersten Nachkriegsjahre.

Er versucht, sich mit dieser Feststellung vor sich selbst zu entschuldigen, aber es ist nur eine Halbwahrheit. Er hatte sich keine Zeit genommen für seinen jüngsten Bruder, und vielleicht war es ihm damals auch gleichgültig gewesen, er hatte sich ja auch nie um Karoline gekümmert, sich nie nach ihrem Schicksal erkundigt. Ja, gewiß, Schweden, das hatte er gewußt, aber nur das, nicht mehr.

Erst jetzt, hier auf der Terrasse kommt es ihm wie ein Vergehen vor, ein Versäumnis, das sich nie wieder gutmachen läßt. Es ist für alles zu spät, es gibt keine Korrekturen mehr, und vielleicht, denkt er, läßt sich das Leben nie korrigieren. Alles wird bestimmt von den Umständen, den Ereignissen, den Zufällen, niemand hat sein Schicksal in eigenen Händen. Eine Überlegung, die er wie eine Rechtfertigung für sich selbst benutzt.

Auch jetzt, während sie schweigt, sieht sie ihn immerfort an, so wie sie es vorher getan hat, als sie von seinem Bruder erzählte. Sie sieht ihn an, als studiere sie sein Gesicht, jede Veränderung, und als suche sie das Gesicht von damals, das Gesicht eines jungen Mannes, vierundzwanzig Jahre alt, an der Schwelle des bewußten Lebens. Nein, sie wird sich nicht den Gefühlen hingeben, die sie damals bewegten, sie wird nicht sagen: Ich habe dich sehr geliebt. Es paßt nicht zu ihr, und es ist zu weit entfernt, die Gefühle, die Leidenschaften jener Zeit sind tot, abgestorben, als hätte es sie nie gegeben.

Fast unvermittelt kommt sie auf Alex Smirnoff zu sprechen. »Was ist eigentlich aus Alex Smirnoff geworden? Ich mochte ihn sehr gern.«

Ihre Frage überrascht ihn. Nein, er weiß es nicht,

nicht genau. Er sagt: »Ich glaube, er ist zugrunde gegangen, irgendwann in Paris. Du weißt ja, er war Trotzkist, verfolgt von zwei Seiten, von den Stalinisten und den Faschisten. Einmal habe ich gehört, er sei ein Sohn Trotzkis gewesen, aber das glaube ich nicht, es war wohl ein Gerücht. Aber ich bin sicher, er hat den Einmarsch der Deutschen, den Krieg nicht überlebt.«

Sie fragt nach den anderen, nennt Namen, die er schon vergessen hat. Einige fallen auch ihm ein. Er weiß nicht, was aus ihnen geworden ist. Auch sie, denkt er, sind wahrscheinlich nicht aus der großen Katastrophe heil herausgekommen.

Sie fragt nach Leo Gesch, sie sagt: »Was ist aus ihm geworden, weißt du es?« Ja, er hat ihn wiedergetroffen, fünfundzwanzig Jahre später. Auch sein Schicksal sei mehr als traurig gewesen. Beim Einmarsch der Deutschen in Paris sei er in die Schweiz geflohen, dort habe man ihn eingesperrt und erst am Ende des Krieges entlassen. »Er war ja Stalinist, linientreu, und er ist es geblieben, jedenfalls damals. Das wurde ihm zum Verhängnis. Er ging nach Ostberlin, wurde dort Chefredakteur des Rundfunks und zwei Jahre später wegen Titoismus von den Russen verhaftet. Sie verurteilten ihn zuerst zum Tode, begnadigten ihn dann zu fünfundzwanzig Jahren Zwangsarbeit in Sibirien, und erst sechs Jahre später kam er aus Sibirien zurück, ein kranker, ein gebrochener Mann. Von seiner

Vitalität, seinem Glauben war so gut wie nichts geblieben, ja, er war zu einem Gegner seiner Vergangenheit geworden, seiner eigenen jugendlichen Überzeugung. Er hat, soviel ich weiß, nur noch einige Jahre gelebt.«

Damals in Paris, denkt er, habe ich mich mit ihm gestritten, fast immer, wenn wir zusammen waren, über seinen fast irrationalen Glauben an die Partei, an ihre Unfehlbarkeit, ihren Dogmatismus. Er erwähnt es nebenbei, und sie bestätigt es mit einem Kopfnicken. »Ihr habt euch immer gestritten.« Sie steht mit diesen Worten auf, sagt, sie wolle einen Kaffee machen, geht ins Haus und läßt ihn allein auf der Terrasse zurück.

Er sieht ihr nach, flüchtig, mit einem kurzen Blick, etwas müde, fast unbewußt. Sie hat sich verändert. Die Jahre haben sie geprägt, die vielen Jahre, doch sie geht noch immer wie damals, leicht elastisch, federnd, ein wippender Gang, eine Spur ihrer Jugendlichkeit hat sich erhalten, es fällt ihm auf, aber er weiß nicht genau, ob er es sich einredet oder nicht. Ihre Haare sind immer noch kastanienbraun, nur kann es nicht mehr die Naturfarbe sein, das durchschimmernde Grau, fast Weiß, ist unverkennbar.

Die Vergangenheit entfernt sich, wird schemenhaft. Der Sarg des Bruders ist da, der helle Fichtensarg, die moderne Friedhofskapelle, der Pastor, der da in seinem Gehrock über die leere große Wiese schreitet, die anschließende Feier in einem schwedischen Restaurant, das sich Handwerkerhaus nennt: Alles liegt nur wenige Stunden zurück, ihre Rede an die schwedischen Freunde seines Bruders, selbstverständlich, souverän, ohne jeden Anflug von sentimentaler Trauer. Sie hatte schwedisch gesprochen, und er hatte nichts verstanden. Es war wohl ein Dank an Philipps Freunde gewesen für ihre Anteilnahme und vielleicht für ihre Hilfe in den vielen Jahren hier in Schweden, und zum ersten Mal hatte er gespürt, daß sie schon einem anderen Volk angehörte, einem Volk, zu dem er keine Beziehungen hatte, ein ihm fremdes Volk. Er war sich wie ein Außenseiter vorgekommen, ein Fremder an der langen Tafel, auf der die Kerzen brannten. Er bewundert sie ein wenig. Er weiß oder glaubt zu wissen, was sein Bruder Philipp für sie bedeutet hat. Er ist hier hergefahren, um sie zu trösten, ihr Mut zuzusprechen, er ist ihretwegen gekommen, nichts hat sein Gefühl für sie in den zurückliegenden Jahren ganz verdrängen können, etwas ist geblieben. Er versucht darüber nachzudenken, gibt es aber sofort wieder auf, als sie zurück auf die Terrasse kommt. Sie trägt das Tablett vor sich her, stellt die Tassen auf den Tisch, die Kanne, und fragt, ob er auch nicht müde sei. Nein, er ist nicht müde, nur etwas schläfrig, etwas benommen von dem heißen Julitag.

Die Sonne hat längst den Zenit überschritten, die

ersten Schatten werden bald auf der Terrasse sein, sie sind schon bei den Blumen angekommen und verlängern sich langsam auf dem kurzgeschnittenen Rasen zu ihnen hin. Sie sitzt ihm wieder gegenüber wie vorher, in der gleichen Haltung, die Beine übereinandergeschlagen, den Oberkörper etwas vorgebeugt, das Gesicht ihm zugewendet. Er möchte ›Karoline‹ sagen, so, wie er das Wort damals gebraucht hat, das Wort genau so aussprechen, genau so betonen. Statt dessen spricht er von der Beerdigung. Es sei, sagt er, alles sehr nordisch gewesen, fast spartanisch einfach. Es habe ihn sehr beeindruckt, manchmal seien ihm nordische Erzähler dabei eingefallen, ihre Art der Schilderung solcher Vorgänge. Er spricht ganz sachlich, erwähnt Szenen, die ihm in Erinnerung sind, vergleicht sie mit dem heutigen Vormittag, und für einen Augenblick kommt er sich vor, als sei er nicht der Mitbetroffene gewesen, sondern nur ein Teilnehmer, ein Beobachter.

Sie hört ihm mit interessierten Augen zu, so, als sei auch sie nur eine Fremde, Unbeteiligte, sei es noch immer, auch jetzt, und freut sich offensichtlich über seine Art, den Tod zu objektivieren. Es scheint sie mehr zu trösten als alles andere. Sie antwortet, lebhafter als vorher, sagt: »Hast du das gesehen oder das?« Spricht von dem schwedischen Pastor, ein unvergleichlicher Mann, er habe Philipp gar nicht gekannt und sich doch verhalten, als sei dieser

ehemals deutsche Philipp sein bester Freund gewesen.
Alles scheint hier für sie näher zu sein, menschlicher. Er versucht, sie zu verstehen, die Nähe der Nachbarschaft, die Anteilnahme, die Hilfsbereitschaft. Jeder ist eingebettet, geborgen. Er kann sich ein solches Leben nicht vorstellen, nicht in dieser Zeit. Er glaubt es auch nicht ganz, aber er spricht seine Zweifel nicht aus. Sie kommt wieder auf Philipp zu sprechen. »Hier«, sagt sie, »hat er vielleicht das gefunden, was er immer gesucht hat. Wir haben alles nur aus der Ferne miterlebt, die Veränderungen bei euch, das, was du die Restauration nennst, den Aufstieg, das sogenannte Wirtschaftswunder. Wir haben uns nicht gesehnt, daran teilzunehmen, wir saßen in einem Winkel und hatten unser eigenes Leben, das unberührt blieb von dem, was bei euch geschah. Natürlich, die ersten Jahre waren nicht leicht, für Philipp waren sie sogar sehr schwer. Ein Jahr im Krankenhaus, fast ohne Unterbrechung, und immer nur auf mich angewiesen. Kannst du dir vorstellen, wie dann alles gekommen ist?«
Er kann es sich vorstellen und nicht vorstellen. Es war ihr Leben und das Leben seines Bruders in jenen Jahren, hier in Schweden. Es ist ihm fremd, er gesteht es sich ein, er hat keine Beziehung dazu, und vielleicht will er es auch gar nicht wissen. Etwas stört ihn daran. Es ist nur ein flüchtiges

Gefühl, für das er keine Bezeichnung hat, und es verschwindet so schnell, wie es gekommen ist.
Sie scheint jetzt ganz in ihre Erinnerungen versunken zu sein, an die ersten Jahre mit Philipp. Sie sitzt da, als sei er, Christian, gar nicht vorhanden, als sei er nie in ihrem Leben gewesen, und auch er beginnt, ohne es zu wollen, das Leben in zwei Teile zu zerlegen: das Leben vor dem Krieg und das Leben danach, das Leben mit ihr, Karoline, und das andere Leben, das nichts mehr mit ihr zu tun hat.
Er will sich nicht erinnern, wie und warum das Leben mit ihr zerstört worden ist, es war vielleicht seine eigene Schuld, es war der Krieg, es waren die Jahre der Trennung. Er versucht, die Ereignisse dafür verantwortlich zu machen, die Umstände, die politischen und militärischen Verhängnisse dieser Zeit. Für einen Augenblick glaubt er, seine Gedanken seien auch die ihren, denn sie sieht ihn wieder an, nachdenklich, über die Tasse hinweg, die sie in den Händen hält. Ihre Augen lächeln dabei, nicht ihr Mund, nicht ihr Gesicht, nur die Augen, die ihm ganz hell und wach vorkommen, als gäbe es keine Trauer für sie, als sei alles nicht wahr, dieser Tag und seine Wirklichkeit. Fast entschuldigend beginnt sie wieder von Philipp zu sprechen.
»Ohne meine Hilfe hätte er es vielleicht gar nicht geschafft, vielleicht hätte er aufgegeben und wäre zurückgegangen. Ich denke es manchmal, doch was wäre wohl dann geworden? Eines Tages sind

wir zusammengezogen, haben uns eine gemeinsame Wohnung genommen. Es war, so schien es uns damals, eine Notwendigkeit, es war selbstverständlich. Vielleicht kannst du es nicht verstehen, kannst dir nicht vorstellen, was es bedeutet, in diesen Jahren nach dem Krieg: eine Frau allein in einem fremden Land.«

Sie schweigt wieder und sieht von ihm weg über den kleinen Garten hinaus, über das Dach des Nachbarhauses in den immer noch wolkenlosen, beständigen, mattblauen Himmel. Es kommt ihm vor, als habe sie zu viel gesagt, zu viel erzählt von dem, was sie gar nicht erzählen wollte. Es ist nur ein Eindruck, er irrt sich vielleicht. Warum sollte sie nicht von ihrem Leben mit Philipp sprechen, es interessiert ihn ja, auch, wenn er es sich nicht vorstellen kann und vielleicht nicht vorstellen will. Es müßte ihm eigentlich gleichgültig sein, ja, er versucht, sich diese Gleichgültigkeit einzureden.

Überraschend für ihn, fängt sie wieder an, von Paris zu sprechen, von ihrem gemeinsamen Leben dort.

»Weißt du noch, das mit den *camelots* damals, ich glaube, es war im Februar oder Ende Januar. Es ging uns schon sehr schlecht, der Winter war schön und farblos zugleich. Jeden Tag gingen wir im Jardin du Luxembourg spazieren und haben geredet, geredet, immerzu geredet. Du warst voller revolutionärer Ideen. Ich weiß das noch, als wäre es gestern gewesen. Und dann kam der Tag mit den *camelots,* der Aufstand, es hing mit einem Skandal zusammen, er hieß, wenn ich mich recht an den Namen erinnere, Stavisky-Skandal, das Wort *assassin* habe ich mein ganzes Leben lang nicht vergessen, *assassin, assassin.*«

Sie gehen die Straße hinunter, die leicht abfällt, zu dem großen Boulevard hin, es ist Nachmittag, Spätnachmittag. Noch gibt es die rote Wintersonne, noch ist es Tag, ein Wintertag, der vor seinem Ende steht, alles ist wie immer, wie an jedem Tag. Er hat sie von der Sorbonne abgeholt, er hat auf sie gewartet, etwas länger als sonst. Sie hat sich entschuldigt in ihrer Art von Gelassenheit und Fröhlichkeit: »Die Vorlesung hat länger gedauert, und sie hat mich interessiert, ich wollte nicht früher gehen. Bitte verzeih mir.« Er schüttelt den Kopf, was gibt es da zu verzeihen. Er hat Zeit genug, alles ist für ihn hier ja ein Warten, warten auf Veränderungen drüben in Deutschland. Sie schiebt ihre Hand unter seinen Arm und beginnt von dem zu erzählen, was sie gerade gehört hat. Doch plötzlich zuckt sie zurück, bleibt stehen und sagt: »Was war das? Das da unten. Ein Blitz?«
Die Straßenbahn, die weiter unten steht, etwa zweihundert Meter entfernt, sieht aus, als hätte sie Feuer gefangen, die Hochspannungsleitungen sind her-

untergerissen, junge Leute sind dabei, sie zu demolieren, in wenigen Minuten ist die Straße vor ihnen voller Menschen, alle laufen, so scheint es, auf die Straßenbahn zu mit dem immer wiederkehrenden gleichmäßigen Ruf: *»Assassin, assassin!«*

Die wenigen Polizisten, die auftauchen, verschwinden in der Menge, werden mitgerissen, weggespült, sie finden keinen Halt, keine Möglichkeit, zu widerstehen, sie verlieren ihre Käppis, ihre Mäntel, sie werden ihnen heruntergerissen, eingekeilt, gehören auch sie schnell der Masse an. Jetzt werden auch Christian und Karoline erfaßt, sie versuchen, nach vorn zu rennen und dann seitwärts in eine Gasse oder eine Nebenstraße, es gelingt ihnen nicht. Ein paar Schritte, dann sind sie wieder eingekeilt, sind sie wieder im Sog der Masse, die ununterbrochen nach vorn strebt, sich vorwärtsschiebt, zäh, langsam, irgendwohin, rings um sie herum sind Schreie, sind Rufe, und immer wieder: *»Assassin, assassin!«*

Es gelingt auch ihnen nicht mehr, miteinander zu sprechen, sie schreien jetzt: »Wir müssen hier raus!« aber jeder Versuch ist vergeblich, jedes Wort wird verschluckt, und dann hört Christian sich plötzlich selbst *»assassin!«* rufen, als suche auch er die Mörder, die dies alles verursacht haben, obwohl er nicht weiß, um was es geht, nichts von dem, wogegen die Masse sich hier in Bewegung setzt. Er hält Karoline am Arm fest, er hat Angst um ihre Angst, aber sie

sieht ihn an, sie lacht, der Rausch der Masse hat auch sie erfaßt, ihr Gesicht ist anders als sonst, ihre Augen, es ist, als müsse auch sie Sturm laufen gegen das Böse, das Teuflische, das für sie völlig Unbekannte.
Vor ihnen, unten, wird ein Polizeiwagen gestürmt. Christian sieht es nicht genau, die Polizisten versuchen, sich zu wehren, sie werden von dem Wagen heruntergeholt, und auch sie verschwinden in der Masse. Der Sog der Massen vergrößert sich von Minute zu Minute, ein unübersehbarer Strom von Menschen, sie drängen sich anscheinend von überall auf den großen Boulevard, sie kommen aus den Nebenstraßen, den Seitengassen. Die Straßenbahnen stehen still, die Autos sind eingekeilt, der Straßenverkehr ist zusammengebrochen, überall sind nur Menschen, sie formieren sich nicht, sie marschieren nicht, sie bewegen sich vorwärts nach einem unbekannten Gesetz. Auch sie sind diesem Gesetz unterworfen, er, Christian, und sie, Karoline, die sich jetzt an ihm festhält, beide Hände an seinem Arm, aber sie hat keine Angst, er spürt es, sie läßt sich mitziehen, mitschleifen.
Ein Bad in der Masse, denkt Christian, etwas, was er zu kennen glaubt. Er hat es erlebt auf den Straßen Berlins, in der Provinz, in den Kämpfen der letzten Jahre, doch hier scheint alles anders zu sein, spontan, unmittelbar, ohne Anführer, ohne Agitatoren, alles bewegt sich wie von selbst, ohne An-

ordnungen. Er ist ein Fremder hier, fremd in einem fremden Land, in einem Volk das anders reagiert, impulsiver vielleicht, er erlebt diesen Augenblick mit, das Unbekannte ergreift auch ihn, er schreit *»assassin!«* wie die anderen, wie alle, die sich mit ihm vorwärtsschieben, vorwärtsdrängen: *»Assassin, assassin!«* Und jetzt hört er auch Karoline neben sich, sie ruft es mit, im Chor, im Stakkato, in dem verlangsamten Rhythmus, das in Silben aufgeteilte Wort: *»As-sas-sin!«* Und immer wieder *»as-sas-sin!«* Sie ist ganz Leidenschaft, ihr Gesicht spricht es aus, es ist, so kommt es ihm vor, der Atem der Revolution, der für ihn unsterblichen, großen Revolution, der auch sie gepackt hat.

Sie treiben an umgestürzten Polizeifahrzeugen vorbei, an demolierten Straßenbahnen, an Autobussen, die wie vorsintflutliche Ungeheuer, ohne Fahrer, ohne Fahrgäste mitten in der Menge stehen, umspült von rufenden, schreienden, vorwärtstreibenden Menschen. Nirgends scheint mehr ein Halt zu sein, auch nicht auf dem Boulevard St. Germain, doch plötzlich, unvermittelt, sind sie an den Rand gedrängt, stehen sie an der Wand eines Hauses, in der Nähe der Straße, in der ihr Hotel ist. Christian kommt es vor, als habe sie das Meer ausgespuckt, als habe sie ein Sturm an Land geworfen. Er spürt Karolines Hände noch immer um seinen Arm, sie steht neben ihm, dicht an ihn gedrängt, sie strahlt noch immer Erregung aus, keine Furcht vor dem, was vor ihnen geschieht, sie ist gesammelte Aufmerksamkeit, gesammelte Energie, sie möchte schreien, mitschreien, wie sie es vorher getan hat, aber sie sagt mit einem ironischen Unterton in der Stimme: »Ist das die Revolution?«

Es klingt naiv und spöttisch zugleich, es ist eine Frage, die er nicht beantworten kann. Vielleicht ist es der Beginn einer Revolution, nicht nur eine Rebellion, ein Aufstand, der ebenso schnell erlischt, wie er entstanden ist. Er weiß es nicht, er ist unsicher, er kann sie sich nicht erklären, diese Bewegung der Massen, und er antwortet: »Wie soll ich das wissen? Ich habe nicht die geringste Ahnung, um was es geht.«

Sie schieben sich an den Häuserwänden entlang, Karoline hinter ihm, neben ihm. Er hat ihre Hand in der seinen, sie kommen nur langsam vorwärts, Stück für Stück, gegen den Strom der auf sie zutreibenden Menschen. Überraschend schnell sind sie in ihrer kleinen Nebenstraße, die mehr eine Gasse als eine Straße ist. Sie ist leer, fast ausgestorben, es ist, als hätte man sie verlassen und vergessen. »Gespenstig«, sagt Karoline, »ist es nicht gespenstig?«

Alles ist hier fern, der Lärm, das Geschrei, der Jubel über die zerstörten Fahrzeuge, nur Stille. Sie gehen in ihr Hotel, die Treppe hinauf zum ersten Stock. Es begegnet ihnen niemand, das Haus scheint unbelebt zu sein wie die Straße. Es ist, als hätten alle es verlassen, um auf die großen Boulevards zu rennen, in das Zentrum der Stadt. Auch ihr Zimmer kommt ihnen jetzt so vor, dieses armselige, dunkle Zimmer, die schmutzige Blumentapete, die grauen, alten Gardinen, das noch immer nicht gemachte Riesenbett, das fast den ganzen Raum einnimmt. Ein Zimmer des neunzehnten Jahrhunderts, ein Zimmer der Vergangenheit, denkt Christian, und draußen vielleicht Aufruhr wie damals, zu welchen Zeiten auch immer.

Er geht hin und her, soweit ihm der Raum Platz dazu läßt, drei Schritte vor und drei Schritte zurück, vom Fenster bis zu dem Bett, auf das sich Karoline gelegt hat, mit dem Kopf auf das Kissen, den Oberkörper noch auf dem Bett, während die Beine herunterhängen. Sie ist aufgewühlt, unruhig, voll von gespannter Nervosität. Sie sagt: »Ich kann hier nicht bleiben, es erdrückt mich, es macht mich verrückt. Komm, laß uns wieder hinausgehen. Ich möchte dabei sein, ich muß dabei sein!« Und er erwidert: »Aber das geht uns doch gar nichts an. Was haben wir damit zu tun?«

Jetzt springt sie auf, schnell, impulsiv, drängt sich an ihn, ihre Arme sind um seinen Hals, ihr Gesicht ist vor dem seinen. Es ist ihre Art, sich durchzusetzen, sich ihren Wunsch zu erfüllen. Christian kennt das und weiß, daß er nachgeben wird. »Ich habe so etwas noch nie erlebt«, sagt sie, »noch nie. Komm, laß uns gehen. Ich halte es hier nicht aus!«

Sie bettelt nicht, sie bittet nicht, sie verlangt es von

ihm, ganz natürlich, ganz selbstverständlich, er braucht nur ja zu sagen, nur mit dem Kopf zu nicken, und schon werden sie draußen sein, wieder in dem Sog der aufgewühlten, aufgebrachten Massen.

Er sagt: »Es ist bestimmt gefährlich für dich. Wenn dir nun etwas passiert, wir sind doch Fremde hier, Ausländer, hast du keine Angst?« Sie schüttelt den Kopf, nein, sie hat keine Angst, nicht die geringste. Etwas anderes ist da, er sieht es in ihren Augen: das Prickelnde. Es ist nicht Neugier, es ist, er denkt es für einen Augenblick, die Anziehungskraft der Massenbewegung, die Suggestion der Masse. Ja, sie hat auch ihn erfaßt, mehr, als er sich eingesteht. Er möchte ihr widersprechen, möchte sie zurückhalten und will doch zugleich das Gegenteil: teilnehmen, mit dabei sein, mitschreien, mitrufen, sich mitreißen lassen. Es spricht alles dagegen, er weiß es, er versucht, sich selbst davon zu überzeugen, aber er gibt nach, unvermittelt, und wundert sich über sich selbst. »Gut, komm, laß uns gehen.« Und jetzt antwortet sie mit einer zärtlichen Geste, antwortet so unmittelbar, daß auch er vergißt, warum er sie zurückhalten wollte, und alles als seinen eigenen Wunsch, seine eigene Entscheidung empfindet.

Sie ziehen sich wieder die Mäntel an, die über dem einzigen Stuhl liegen, der ihnen zur Verfügung steht, rennen hinaus und die Treppe hinunter, und

als sie die Treppe halb hinter sich haben, öffnet sich unten die Haustür und zwei ihrer Freunde kommen herein, Alex Smirnoff und Leo Gesch. Beide scheinen guter Laune zu sein, aufgewühlt auch sie von dem, was draußen geschieht.
»Die ganze Stadt ist in Aufruhr«, sagt Alex Smirnoff, »wir wollten euch abholen. Kommt ihr mit?« Und Leo Gesch fügt hinzu: »Wenn es so weitergeht, wird bald ganz Paris brennen.«
Karoline geht auf sie zu. »Natürlich kommen wir mit.« Sie gibt Leo Gesch die Hand, sie mag ihn nicht sonderlich, und umarmt Alex Smirnoff, für den sie viel zu klein ist. Für Christian ist sie jetzt ganz brennende Neugier, eine Neunzehnjährige, die mit Revolution spielen will, mitspielen möchte. Er empfindet es so, aber auch er selbst ist nicht frei davon, auch ihn zieht es in die brodelnde Stadt. Sie gehen hinaus auf die Straße, hintereinander her, Karoline mit Alex Smirnoff voraus und Christian mit Leo Gesch hinterher, sie gehen auf den Boulevard St. Germain zu, der nur ein paar hundert Schritte entfernt ist. Das Getöse kommt mit jedem Schritt näher. Doch plötzlich bleibt Alex Smirnoff stehen, hält Karoline am Arm zurück und dreht sich zu Christian um.
»Ich muß euch etwas sagen, Christian. Wahrscheinlich wißt ihr nicht genau Bescheid. Ihr dürft euch nicht erwischen lassen, unter keinen Umständen. Die Polizeigesetze sind sehr hart für Ausländer, für

Emigranten. Wenn euch ein Polizist festnimmt, seid ihr verloren. Die bringen euch an die Grenze zurück und übergeben euch der Gestapo. Das geht ganz schnell. An Anfruhr teilzunehmen, ist für jeden Ausländer verboten. Also paßt auf, seht euch vor.«

Er sagt das alles, als sei es eine Nebensächlichkeit, die aber gefährlich werden kann. Er lacht dabei, seine Augen lächeln hinter den Pincenezgläsern, es erheitert ihn offensichtlich, daß man so schnell von einem Land in ein anderes hin und her geschoben werden kann. Er sagt: »Na, nehmt es nicht zu ernst, aber wenn sie hinter euch her sind, müßt ihr laufen, laufen, und sicher sind nur die Cafés, sie sind sozusagen exterritorial. Versteht ihr das? Ich verstehe es nicht, aber es ist so.«

Schneller, als sie es erwartet haben, werden sie von den Ausläufern des Aufruhrs erfaßt, immer mehr Menschen rennen an ihnen vorbei, kommen von hinten, reißen sie mit, und jetzt fangen auch sie an zu laufen, drängen nach vorn oder lassen sich drängen, und Christian bemerkt, daß sie wieder dort sind, wo sie vorher die Masse verlassen hatten.

Jetzt ist auch Karoline wieder neben ihm, hält sich an seinem Arm fest und sagt: »Wir dürfen uns nicht auseinanderreißen lassen.« Und Christian nickt. »Nein, nein, das dürfen wir nicht, auf keinen Fall.« Er möchte Alex fragen, was denn eigentlich los sei, um was es gehe. Er versucht es, und Alex antwor-

tet, fast schreiend, doch scheinbar immer noch amüsiert: »Es ist ein Finanzskandal, es geht um viele Millionen. Sie wollen die Regierung stürzen. Deswegen drängt alles ins Zentrum, zur Kammer, zum Parlament. Ich erklär es dir später genauer.«
Christian möchte ihn weiterfragen, die Ursachen für das, was hier geschieht, müssen andere sein, müssen tiefer liegen, politische Spannungen, zu deren Explosion der Finanzskandal vielleicht nur ein Anlaß ist. Er kommt nicht dazu.
Polizisten zu Pferde sind vor ihm, eingekeilt, sie versuchen, von den Pferden herunter auf die Menge einzuschlagen, er sieht die Pferde steigen, die Menge schreit, lacht, schimpft, die Polizisten werden abgeworfen, heruntergezerrt, verschwinden, ein dichtes Knäuel von Menschen umgibt die Pferde, die mit leeren Sätteln versuchen, davonzurasen, Zivilisten sitzen plötzlich in den Sätteln, halten sich an den Mähnen fest und rufen der Menge kurze Sätze zu, die Christian nicht versteht. Man antwortet mit Gelächter, mit Zurufen, mit Schimpfworten.
Der Abend kommt, die Nacht, sie treiben mit der Masse, nun selbst eingekeilt, an den Pferden vorbei, immer weiter, ins Zentrum der Stadt. Die Straßenlichter sind angegangen, vor ihnen sind Brände. Christian kann nicht erkennen, was dort brennt, es sind keine Häuser, es können Autobusse, Straßenbahnen, Fuhrwerke sein. Die Feuer brennen mitten

in den Straßen, auf den Plätzen, die Flammen flackern über die Masse der Menschen, ihr Schein zuckt an den Häuserwänden empor und läßt Schatten entstehen, die sich fortwährend verändern. Christian kommt es wie ein Spiel vor, ein großes Spiel, in dem er Zuschauer, nicht mehr als ein Zuschauer ist, aber er schreit auch jetzt mit, schreit *»assassin, assassin«*, er hört Karoline neben sich, und jetzt ist ihr Kopf an seinem Kopf, ihr Mund fast an seinem Ohr. Sie ruft: »Ich finde es toll. Ich bin ganz aufgeregt.«
Er antwortet nicht, er will nicht aufgeregt sein, sich nicht mitreißen lassen. Es ist nicht seine Revolution, nicht sein Aufstand, er möchte sich gelassen geben, einer, der nichts mit dem zu tun hat, was vor sich geht. Er nimmt ihre Hand, ihre kleine Hand, und hält sie fest, als könne er sie jeden Augenblick verlieren, als könne sie mit davonflattern in dem gespenstigen Widerschein der hin und her zuckenden Flammen.
Ein Trupp junger Leute schiebt sich rigoros an ihnen vorbei, drängt sie beiseite, sie haben Stöcke bei sich, Schlagwerkzeuge. Christian bekommt einen Schlag vor die Brust, und Karoline fängt an zu schimpfen. Die jungen Leute rufen: *»Attention, camelots, attention, camelots!«* Sie geben sich brutal, kämpferisch. Christian möchte zurückschlagen, aber Alex Smirnoff, der hinter ihm geht, hält ihn fest: »Laß sie laufen, es sind die von rechts, die

Feuerkreuzler, sie haben angefangen, und jetzt ist alles auf den Straßen, die Rechte und die Linke.« Er nimmt es immer noch nicht ernst, er lacht dabei, nur Leo Gesch scheint es anders zu sehen. »Es sind Faschisten, nichts weiter als Faschisten.« Er sagt es, als müsse er sie zwischen den Zähnen zermahlen, die Feuerkreuzler. Er sagt es grimmig, als habe er deutsche SA-Leute vor sich.
Sie lassen sich weiter vorwärtsdrängen, weiterstoßen. Christian kennt sich nicht mehr aus, er weiß nicht mehr, wo sie sich befinden. Der Aufstand, so scheint es ihm, wird immer größer, wächst über sich selbst hinaus, hinaus über die Stadt. Sie hören Schüsse, zuerst vereinzelte Schüsse, weit entfernt, dann ganze Salven, es ist irgendwo, es verhallt in der Nacht, in dem Lärm. Vor ihnen taucht wieder berittene Polizei auf. Sie sind plötzlich da, aus einer Seitenstraße gekommen oder sonst woher, eine ganze Schwadron goldhelmgeschmückter Polizisten. *»Garde républicaine!«* ruft Alex Smirnoff. Vor ihnen beginnen die Menschen zurückzuweichen nach rückwärts zu drängen, und hinter ihnen drängt die Masse nach vorn, auf die Pferde zu, von denen herunter die Polizisten schlagen. Panik entsteht, Menschen fallen hin, liegen auf der Straße, umgerissen, die anderen laufen über sie hinweg, trampeln sie nieder. Alex Smirnoff packt Christian am Arm, mit ein paar Sprüngen erreichen sie kurz vor einer Gruppe heranreitender Polizisten ein

Café, sie pressen sich in die Tür hinein, die offen ist. Das Café ist voll, die Davongelaufenen stehen Kopf an Kopf, sie schreien *»Merde, merde«*, sie rufen es den Polizisten entgegen, den vor dem Café gezügelten und steigenden Pferden. Christian steht fast draußen, fast vor der Tür des Cafés. Nein, die Polizisten versuchen nicht, mit ihren Pferden in das Café hineinzukommen. Eines der Pferde steigt unmittelbar vor Christian, und für einen Augenblick sieht er sich schon unter dem Pferd und in der Nacht noch über die Grenze gebracht. Doch dann verändert sich alles, es ist, als gönnten die Reiter ihren Pferden einen Augenblick Ruhe und als hätten sie nur die Aufgabe, die Masse von der Straße zu scheuchen, die Menschen in die Häuser, in die Cafés, in die Restaurants zu treiben.

»Merde, merde« schreit es hinter Christian, aber die Polizisten vor ihm benehmen sich, als gelte das Schimpfwort nicht ihnen, unberührt sitzen sie in ihren Sätteln, und ihre Pferde gehen hin und her auf dem Platz vor dem Café, als seien sie hier zu Hause. Alex Smirnoff steht immer noch neben ihm. Er lacht nicht mehr, jetzt scheint auch ihn die Hysterie gepackt zu haben, seine Stimme klingt heiser, anders als sonst: »Wo ist Karoline?« Und erst jetzt bemerkt Christian, daß Karoline nicht mehr neben ihm ist. Sie ist, so glaubt er, vor ihm her, dicht neben Alex Smirnoff in das Café gelaufen. Er sieht sich um, er versucht, über die Köpfe der hinter ihm

Stehenden hinwegzusehen, aber er blickt nur in Gesichter, die ihm fremd sind, aufgeregte, haßerfüllte Gesichter. *»Merde, merde«,* schallt es ihm entgegen. Er sieht keine Karoline und auch keinen Leo Gesch. Er ruft »Karoline«, er schreit es, doch seine Stimme kommt ihm kläglich vor, zu klein, zu leise gegen das *merde*-Geschrei der anderen. Karoline ist weg, mit fortgetragen von der aufgewühlten Masse. Angst überfällt ihn, Angst um Karoline und um sich selbst. Er hat sie wieder verloren, so wie damals am 1. Mai auf dem Tempelhofer Feld, er hat sie zum zweiten Mal verloren, und jetzt kommt es ihm vor, als sei dies endgültig und nicht wieder gutzumachen. Er möchte nach vorn rennen, auf die Polizisten, auf die Pferde zu, aber er weiß auch, daß er dann verloren ist. Er ist eingeklemmt zwischen den einen und den anderen, zwischen den Menschen, die Kopf an Kopf hinter ihm in dem Café stehen, und der berittenen Polizei. Er beginnt wieder zu rufen: »Karoline! Karoline!« Alex Smirnoff sagt: »Es hat keinen Zweck, wir müssen sie suchen.«
Jetzt sind wieder Schüsse zu hören, sie kommen näher, entfernen sich, kommen bald von hier, bald von dort, die Richtung ist unbestimmbar.
»Ich glaube, sie stürmen die Kammer«, sagt Alex Smirnoff. Es bereitet ihm offensichtlich Vergnügen. Er lächelt Christian an, und seine Augen hinter den Pincenezgläsern haben einen seltsamen, irritierenden Glanz.

Die Polizisten vor ihnen geben das Café frei, sie reiten wieder auf die Masse zu, die hinter ihnen demonstriert und sich neu formiert hat. Im gleichen Augenblick drängen auch die Menschen hinter Christian nach vorn, einige wollen hinaus, schieben andere vor sich her, und Christian wird beiseite gedrängt. Das Café leert sich schnell, und dann können sie beide hineinsehen und hineingehen. Nein, Karoline ist nicht dort, sie ist nirgends, und Alex Smirnoff sagt: »Vielleicht ist sie mit Leo in ein anderes Café gelaufen, es gibt hier ja so viele. Sie wird sich schon zu helfen wissen.«

Christian schüttelt den Kopf. »Komm, laß uns gehen. Wir müssen sie finden.«

Sie rennen hinaus und auf das nächste Café zu, das nur ein paar Meter entfernt ist. Das Café ist voll, dicht besetzt, auch dort herrscht die gleiche Unruhe wie im ersten. Sie schieben sich zwischen den Menschen hindurch, zwischen die Tische, und sie laufen wieder hinaus und auf das nächste Café zu, überall zeigt sich ihnen das gleiche Bild: Menschen, Menschen, aufgeregte, debattierende, schimpfende Menschen. Sie schieben sich dicht an den Häuserwänden entlang, um nicht von der vorbeiziehenden Masse wieder erfaßt zu werden, sie suchen umsonst. Christian weiß es. Es ist hoffnungslos in dieser großen Stadt, unter Menschen, deren Sprache er nicht kennt und die sie nur mangelhaft, unvollkommen beherrscht. Er macht sich Vor-

würfe, immerfort könnte er »Karoline, Karoline« rufen. Hier ist er verloren. Ohne sie gibt es vielleicht kein Zurück mehr. In diesem Augenblick existiert nur sie für ihn, nur sie allein. Er gibt sich Mühe, Alex Smirnoff seine Angst, seine Verzweiflung nicht spüren zu lassen, er geht neben ihm her, bald schneller, bald langsamer, manchmal laufen sie, um der Bewegung auf den Straßen aus dem Weg zu gehen, den Auseinandersetzungen der Masse mit der Polizei.
Überall geht es aufgebracht hysterisch zu, ja, es kommt Christian vor, als habe sich seit den Nachmittagsstunden alles noch mehr erhitzt, als seien alle noch brutaler, noch leidenschaftlicher geworden, niemand scheint mehr zu wissen, wozu er gehört, was er vertritt, die Rechte oder die Linke.
»Jetzt ist alles durcheinander, jetzt haben sie alle gemeinsam nur einen Gegner: den Staat, die Regierung, die Polizei.« Alex Smirnoff sagt es, fast nebenbei, im Laufschritt, und Christian hört es, als habe Alex es nicht gesagt, er denkt immer dasselbe: Karoline, Karoline. Er sieht sie eingekeilt in der Masse, hilflos, ihn suchend, er sieht sie unter den Opfern, vielleicht abgeführt von der Polizei, verhaftet, in irgendeinem Polizeirevier. Er denkt: Was geht mich dieser Aufstand in Paris an, ich gehöre nicht dazu, ich habe nichts damit zu tun, warum laufe ich hier herum, es hat keinen Sinn, Karoline zu suchen. Wir werden sie nicht

finden, wir können sie nicht finden, sie muß sich selber helfen, sie ist energisch genug, sie wird sich durchschlagen. Er denkt alles durcheinander, es ist ausweglos. Vielleicht ist sie morgen wieder in Deutschland, abgeschoben über die Grenze. Nein, es kann ihr nicht viel passieren, sie ist ja unverdächtig, eine deutsche Studentin in Paris, durch Versehen in diesen Aufstand geraten als harmlose Passantin, nicht mehr.

»Es hat keinen Zweck«, sagt Alex Smirnoff, »das beste ist, wir gehen zurück in dein Hotel. Dort wird sie vielleicht auf dich warten. Mach dir nicht zu große Sorgen. Leo ist ja bei ihr.«

Jetzt haben sie nur noch ein Ziel, die kleine Gasse am Boulevard St. Germain. Sie gehen schnell, werden aber immer wieder aufgehalten. Vorbeiziehende, lärmende, schreiende Demonstranten und immer noch berittene Polizisten drängen sie ab in Nebenstraßen, die ruhiger sind. Sie laufen kreuz und quer, von einer Nebenstraße in die andere, von einem Platz zum anderen. Christian hat jede Orientierung verloren. Ihm fällt Berlin ein, die Nacht, in der sie vor der SA davongelaufen sind, aber es ist anders, ganz anders. Damals war es die Angst um sich selbst, jetzt ist es die Angst um Karoline, nur um sie, um sie allein. Christian hört wieder Schüsse, sie sind weit hinter ihnen, im Zentrum der Stadt, aber er hört sie jetzt anders als vorher, sie erschrecken ihn, jagen ihm Angst ein. Karoline kann

dort sein, Karoline ist vielleicht in den Mittelpunkt des Aufstands geraten.
Endlich erreichen sie die Gasse, in der sich das Hotel befindet. Sie ist, wie am Nachmittag, fast unbelebt. Sie laufen ins Hotel, die Treppe hinauf. In dem Zimmer ist niemand. Christian setzt sich auf das Bett, er weiß nicht, was er jetzt noch tun kann. Er schlägt vor, in irgendeine Polizeistation zu gehen, doch Alex Smirnoff schüttelt den Kopf: »Das hat keinen Sinn, da bringen wir uns nur selbst in Gefahr.«
Er steht an der Tür, leicht zurückgelehnt, er sagt: »Du mußt hier warten, es gibt keine andere Möglichkeit. Geh nicht noch einmal auf die Straße. Dort findest du sie nie, das ist hoffnungslos. Wir können ja unten warten.«
Sie gehen wieder die Treppe hinunter und dann vor dem Hotel auf und ab, Alex leicht gebeugt, die Hände auf dem Rücken, und Christian neben ihm. Er möchte immerfort von Karoline reden, wer sie ist, wie er sie kennengelernt hat, was sie ihm bedeutet. Er beläßt es bei ein paar Andeutungen, bei ein paar Sätzen. Alex Smirnoff spürt seine Unruhe, seine Aufregung auch so, und er möchte sich nicht völlig preisgeben, seine Liebe, seine Leidenschaft. Alex ahnt es vielleicht, aber was weiß er schon davon?
Sie gehen hin und her, bis zum Ende der Gasse und wieder zurück bis zum Hotel. Alex spricht wieder

von der Politik. Christian hört nur halb zu, nie verliert er den Eingang des Hotels aus den Augen, jeden Augenblick kann sie auftauchen, mit ihrem leicht vorgeschobenen Gang, mit ihren schnellen, energischen Bewegungen, so sieht er sie kommen, ruhig, gelassen, nicht aufgeregt wie er selbst.
Alex Smirnoff versucht, ihn über das aufzuklären, was auf den Straßen vor sich geht, über die Ursache des Aufruhrs. »Es ist ein Skandal«, sagt er, »wahrscheinlich wird die Regierung darüber stürzen. Die Feuerkreuzler haben den Aufstand begonnen, eine rechtsradikale Organisation, Faschisten, vorwiegend Studenten.« Er erzählt das alles ohne Anteilnahme. Frankreich ist für ihn nicht Deutschland, die Gefahr eines Umsturzes, einer totalen Veränderung besteht nicht. »Frankreich wird nicht faschistisch werden.« Er ist davon überzeugt, er schüttelt dabei den Kopf. »Das ist unmöglich.«
Mehr und mehr verliert Christian das Gefühl für die Zeit, er weiß nicht mehr, wie lange sie schon so hin und her gehen, es muß weit nach Mitternacht sein, der Lärm des Aufstands kommt immer noch zu ihnen herüber, dumpfe Aufschläge, Schüsse, Geschrei, das Geräusch vorbeireitender großer Kolonnen vom Boulevard St. Germain. Christian bleibt stehen und lauscht zum Boulevard hinüber, er glaubt das Knarren der Sättel zu hören, das Schnaufen der Pferde, das Getrappel Tausender von Pferdehufen; er sieht Karoline dazwischen, vor

den Pferden davonlaufen, er sieht sie verloren zwischen den Aufständischen und der herankommenden militärischen Gewalt in der Stadt herumirren, hoffnungslos eingekeilt. Er möchte zurückrennen, zurück in den Aufruhr, aber Alex sagt: »Bleib hier, du mußt warten. Es gibt keine andere Möglichkeit. Und wenn du die ganze Nacht wartest.«
Er geht auf seinen langen Beinen davon, den Mantelkragen hochgeschlagen, eine schmale, hagere, leicht nach vorn gebeugte Gestalt, und Christian sieht ihm nach. »Ich gehe jetzt, und du geh nach oben und leg dich hin«, mit diesem Satz hat er sich verabschiedet, er scheint sich sicher zu sein, daß Karoline nichts passiert ist und irgendwann zurückkommen wird.
Christian geht zurück ins Hotel, langsam steigt er die Treppe hinauf, langsamer als sonst. Jeden Augenblick kann die Tür unten aufgehen und Karoline hereinkommen, eilig, etwas atemlos von der Suche nach ihm, denn sie wird ihn überall suchen, wie er sie gesucht hat.
Alles in dem kleinen Zimmer kommt ihm jetzt noch trostloser vor als sonst, noch älter, noch verbrauchter. Er setzt sich auf das Bett, vergißt, den Mantel abzulegen, seinen Hut. Er könnte die Schuhe ausziehen und sich auf das Bett fallen lassen, er tut es nicht, er vergißt es, er möchte alles vergessen: die Ereignisse in Deutschland, in das er vielleicht nicht zurückkehren kann, seine Flucht,

das Leben in dieser Stadt, das nicht sein Leben ist, sein wirkliches Leben. Es bleibt nur Karoline, und vielleicht hat er auch sie jetzt verloren.
Er schläft so im Sitzen ein und erwacht gleich wieder, und jedesmal sieht er zur Tür, als müsse Karoline dort stehen, im Türrahmen, lachend, glücklich und erleichtert, ihn wiederzuhaben. Er weiß nicht, wie viele Stunden schon vergangen sind, jede Minute erscheint ihm wie eine Stunde, eine ganze Stunde wie eine Ewigkeit. Ja, ohne sie, ohne Karoline kann er sich sein Leben nicht mehr vorstellen, ohne sie wird alles belanglos.
Und dann hört er, was er schon nicht mehr erwartet hat: Schritte auf der Treppe, es sind ihre Schritte, er glaubt sie zu kennen, jeden Schritt, wie sie den Fuß aufsetzt, leicht und doch energisch. Beflügelt, denkt er, sie hat einen beflügelten Schritt. Aber die Schritte auf der Treppe verschwinden weiter nach oben, verlieren sich, verhallen. Nein, sie war es nicht und sie war es doch, er ist sich sicher, daß sie es war. Er hat sich halb erhoben, vielleicht kommen die Schritte zurück, vielleicht öffnet sich jeden Augenblick die Tür. Er läßt sich wieder fallen, er wirft seinen Hut in eine Ecke, zieht den Mantel aus und wirft ihn hinterher. Alles scheint schon gleichgültig zu sein. Er versucht, seine Angst, seine Aufregung hinter einer Art gespielter Ruhe zu verbergen. Sie wird, er denkt es, schon auf dem Weg nach Deutschland sein, verloren für ihn, vielleicht für

immer verloren. Was soll er hier allein in Paris? Und ein Zurück gibt es nicht für ihn. Seine Unruhe wächst mit jeder Minute, die vergeht. Er setzt sich aufs Bett, steht wieder auf, läuft durch das Zimmer, hin und her, drei Schritte vor und drei Schritte zurück, er schiebt die Gardinen beiseite, aber er starrt nur auf einen grauen, schmutzigen Hinterhof, auf graue abgebröckelte Wände.

Und jetzt hört er wieder Schritte, ein Geräusch an der Tür, die sich öffnet, sie, Karoline, nur ein paar Schritte von ihm entfernt, sie steht dort, atemlos, gerötet, sie ist aufgeregt, sie muß gelaufen sein, getrieben von der Angst um ihn. Sie sagt: »Gott sei Dank, da bist du ja.« Und er findet kein Wort der Erwiderung, es fällt ihm nichts ein, was er sagen könnte, nur ›Karoline‹, er spricht es zweimal aus: »Karoline, Karoline.« Sie weint, ein paar Tränen sind in ihren Augen, verlorene Tränen, die er wegküßt, er hat sie in seinen Armen, ihr Gesicht ist vor dem seinen, ihr Mund, ihre Augen, er sagt: »Warum weinst du denn?« Und sie antwortet: »Ich weine nicht. Es ist etwas anderes. Ich bin ja so erleichtert.«

»Merkwürdig, dieses *assassin, assassin* habe ich nie vergessen, es hat mich immer verfolgt, bis in den Krieg hinein, manchmal höre ich es auch heute noch, selten natürlich. Wenn ich Angst habe, richtige Angst, dann kommt es wieder. *Assassin, assassin.*« Sie verzieht ihre Mundwinkel etwas nach unten, eine Art Selbstironie: »Es ist albern, ich weiß.« Er versucht, ihr mit einer Handbewegung zu widersprechen. Nein, es ist nicht albern. Er denkt: Vielleicht war dieses *assassin, assassin* nur der Auftakt zu all dem anderen, was dann später kam, die geahnte Ankündigung der Mörder. Es ist ein seltsamer Gedanke, er weiß es, es war ja in Paris, nicht in Berlin.

Er sagt: »Hast du auch Philipp davon erzählt?« Und sie antwortet: »Ja, natürlich, ich hatte ja keine Geheimnisse vor ihm, nur ich glaube, er hat es nicht ganz verstanden, ich meine diese Angst damals. Und warum sollte ich es ihm nicht erzählen, er wußte ja alles, unsere Liebe, die kannte er ja, soweit man so etwas von außen kennen kann. Er hat nie

danach gefragt, vielleicht wollte er nicht fragen, er hat dich ja geliebt, dich, seinen älteren Bruder, viel mehr als du glaubst.«
Er sieht sie unsicher an, aber sie wiederholt es noch einmal. »Er hat dich sehr geliebt.« Sie sagt es mit der Bestimmtheit, die ihr eigen ist, und die scheinbar keinen Widerspruch duldet. Sie hat recht. Das Verhältnis zu seinem Bruder Philipp war immer ein besonderes gewesen, eine ungetrübte Freundschaft, oder mehr, nie hat es zwischen ihnen Mißstimmungen gegeben, nie Meinungsverschiedenheiten, vielleicht – es ist ein verwegener Gedanke – hat er in Karoline auch ihn geliebt, sein Bruder Philipp. Hatten sie sich nicht jahrelang gekannt, ja zu dritt zusammen gelebt, und war dies vielleicht von Anfang an dagewesen, Philipps Liebe zu Karoline, die eine Liebe zu seinem Bruder Christian einschloß? Warum hatte es nie Eifersucht gegeben, weder bei ihm auf seinen Bruder Philipp, noch bei Philipp auf ihn? Er hat nie darüber nachgedacht, es wird ihm jetzt bewußt. Ja, so kann es gewesen sein, die gemeinsame Liebe zu einer Frau, eine Liebe, die keinen Mißklang zuließ.
Er sieht sie einen Augenblick prüfend an, etwas zweifelnd, skeptisch, er möchte es gern bestätigt haben, nur sie allein kann seine Überlegungen teilen. Er wagt nicht, sie zu fragen, vielleicht weiß sie es auch nicht, weiß es nicht genau. Zu viele Gefühlsbewegungen haben da mitgespielt, zu viele

Zufälle, Ereignisse, die sie nicht selbst bestimmt haben und die mächtiger waren als sie. Der Krieg, der sie beide auseinandergebracht hat, mit all seinen Folgen und Zerstörungen. Nein, er fragt sie nicht, er sagt nur, als spreche er zu sich selbst: »Ich habe ihn auch geliebt.« Es klingt etwas gleichgültig, so, als sei eine brüderliche Liebe selbstverständlich, aber sie nimmt es nicht hin, es scheint ihr nicht nebensächlich zu sein, und sie erwidert, indem sie ihn fest ansieht: »Sag es nicht so. Es ist nicht selbstverständlich, auch nicht unter Brüdern, spiel es nicht herunter. Er hat dich wirklich geliebt.«
Sie beginnt wieder von Philipp zu sprechen, von den ersten schweren Jahren hier in Schweden. »Wir haben uns durchgeschlagen, so gut es ging.«
Christian hört ihr schweigend zu, er kann sich ihr Leben mit seinem Bruder nur schwer vorstellen, er denkt an seine eigene Liebe zu ihr und an ihre Liebe zu ihm, an Paris und an die Jahre danach. Niemals wäre er damals auf den Gedanken gekommen, sie einmal zu verlieren, und vielleicht hat er sie nie verloren. Es ist ein neuer Gedanke; er beschäftigt ihn, während sie von Philipp spricht. Vielleicht gibt es eine Zuneigung, die unabhängig ist von allen Leidenschaften, von jeder Eifersucht, von allen körperlichen Regungen und von allen Ereignissen und Trennungen. Für einen Augenblick gibt er sich diesem Gedanken hin, aber er verwirft ihn auch zugleich. Nein, nichts von den Gefühlen jener

Jahre ist noch lebendig, und schwer ist das Zurückdenken über Jahre hinweg, über Jahrzehnte. Es gibt, er denkt es, kein Gefühlsgedächtnis, es bleiben nur verschwommene Erinnerungen, aber zugleich zweifelt er auch daran, zweifelt an sich selbst und seinen Gefühlen.

Es muß etwas geben, was die Jahrzehnte überbrückt, sonst säße er nicht hier, er ist ja ihretwegen gekommen, ihr den Schmerz um den Verlust seines Bruders zu erleichtern. Er hat dieses Gespräch über ihre gemeinsame Vergangenheit nicht gewollt, sie hat es begonnen, doch vielleicht spricht sie nur davon, um den Tod Philipps für ein paar Stunden zu vergessen, um sich selbst zu helfen. Sie hat ihn sicher sehr geliebt, mehr als er, Christian, sich eingestehen möchte, aber sie braucht seine Hilfe, gerade seine, sie braucht sie jetzt, er spürt es, jedes Gespräch über ihre gemeinsame Vergangenheit lenkt sie ab, und die Erinnerungen sind dann vielleicht für eine Weile mächtiger als die Gegenwart.

Christian weiß nicht, wie lange sie hier schon sitzen, er hat das Gefühl für die weglaufende Zeit verloren. Die Schatten bedecken jetzt die Terrasse, er bemerkt es kaum, und sie sitzt ihm gegenüber, als sei auch ihr das Bewußtsein für die verrinnende Zeit abhanden gekommen. Sie hat die Beine angezogen, die Hände um die Knie gelegt, es sieht jugendlich, fast kindlich aus. Er stellt sie sich vor, wie sie damals aussah, das Gesicht schmaler, mäd-

chenhafter, nur die Augen muß er in seiner Vorstellung nicht verändern, sie scheinen ihm noch genau so lebhaft zu sein.
Sie sieht in den Garten, Philipps Garten, sie nennt die Blumen, die er besonders geliebt hat. Es sind Namen, die ihm nicht viel sagen, er hat keine besondere Beziehung zu Blumen. Dann schweigt sie. Ihr Gesicht verändert sich, und ihre Augen sind ganz nach innen gekehrt, als wolle sie die Last des Tages im Schlaf, im Vergessen abschütteln. Er sagt: »Woran denkst du, was beschäftigt dich?« Und sie antwortet: »Eigentlich wollte ich nicht davon sprechen, aber ich habe oft darüber nachgedacht, und jetzt spreche ich doch davon, gerade heute, obwohl es doch schon längst vergangen ist und keine Bedeutung mehr hat. Warum sind wir damals eigentlich auseinandergekommen? Der Krieg, ja, der lange Krieg, aber genau weiß ich es auch heute noch nicht. Kannst du es mir erklären?« Die Frage ist ihm unangenehm, peinlich. Nein, er will es ihr nicht erklären, nicht jetzt, er will nicht davon sprechen. Genau weiß er es auch nicht, es ist zu lange her, eine Episode, die er längst verdrängt hat. Sie betrifft nicht ihn, den Mann, der jetzt vor ihr sitzt. Gewiß, es war der Krieg, eine andere Frau, Krankheit in einem fremden Land. Er kann sich alles wieder zusammenreimen, wenn er sich Mühe gibt. Das Mißverständnis, ein Mißverständnis, das vielleicht keines war, sein briefliches Geständnis

und ihre eifersüchtige Antwort, ihre Abkehr von ihm, der letzte Brief, für immer. Nein, er will nicht davon sprechen. Er sagt: »Müssen wir darüber sprechen, jetzt? Es ist doch sinnlos. Ich erinnere mich auch nicht mehr. Es hat wohl alles so kommen müssen.«

»Ich weiß es nicht«, sagt sie, »vielleicht hast du recht. Damals war Philipp in Berlin, er studierte noch, er hat mir sehr geholfen. Kurz darauf wurde auch er eingezogen, ich habe ihn dann erst in Schweden wiedergesehen. Damals habe ich sehr gelitten. Vielleicht habe auch ich mich falsch verhalten. Alle Schuld gab ich dir, nur dir. Ich habe mein Leben mit dir verwünscht, ich habe es bereut, es war schrecklich.«

Sie schweigt einen Augenblick, macht eine Pause, als denke sie über den Gefühlszusammenbruch von damals nach, die Verwirrung, die Verzweiflung, das sich Loslösen von ihrer Liebe, die sie für unzerstörbar gehalten hatte. Aber es kommt ihm vor, als lächle sie auch darüber wie über ferne tragische Ereignisse, die nicht mit ihr und mit ihrem Leben zu tun haben. Sie verzieht den Mund ein wenig, und er denkt: Ja, es war meine Schuld. Und er denkt gleichzeitig auch das Gegenteil: Verstrickungen, Verirrungen, Zufälle, der Krieg, die lange Trennung. Er kann sich freisprechen von allem, wenn er will. Vielleicht gibt es in diesem Zusammenhang keine Schuld. Er hat sie ja geliebt, das war noch lange so, auch noch, als sie schon in Schweden lebte. Ihr Zusammenleben mit seinem Bruder Philipp hat ihn nie gestört, es war für ihn selbstverständlich. Erst jetzt wundert er sich darüber, über sein Verhalten und über sich selbst, doch er gibt sich dieser Verwunderung nicht hin. Er sagt: »Ja, es muß dich damals sehr getroffen haben, aber es hat auch mich getroffen. Kann man da noch von Schuld sprechen? Manchmal glaube ich, es war alles vorbestimmt. Vielleicht ist alles Vorbestimmung, was wir Schicksal nennen.«

Er gibt sich einen Augenblick diesem Gedanken hin. Aber dann gäbe es keine Zufälle, nichts, was man bereuen müßte, keine Verirrungen und keine Verstrickungen, alles hätte seinen Platz im Leben, alles wäre damit zu rechtfertigen, auch das Sinnloseste. Er könnte es sich einreden. Jeder Satz, jeder Gedanke, jedes Wort wäre dann vorbestimmt, auch dieser Tag, diese Stunde hier auf der Terrasse. Nein, es ist nicht so, er weiß es nur zu genau. Doch der Gedanke hat etwas Erlösendes, Entlastendes, er möchte ihn festhalten, jetzt, hier, ihr gegenüber. Er sieht sie an. Es ist, als habe sie seine Gedanken erraten.

»Ja, wenn es so wäre«, sagt sie, »aber es ist wohl nicht so. Ich glaube es nicht, es hätte ja auch alles anders kommen können. Vielleicht wären wir uns nie begegnet. Nimmst du wirklich an, das wäre uns bestimmt gewesen? Natürlich wäre ohne diese Begegnung mein Leben ganz anders verlaufen, ganz, ganz anders. Man kann sich das gar nicht vorstellen.«

»Nein, vorstellen kann man es sich nicht«, antwortet er, »vielleicht aber sind uns diese Art Begegnungen vorbestimmt, vielleicht nur die entscheidenden Augenblicke, und alles andere ergibt sich dann daraus. Manchmal denke ich das. Vielleicht ist es Unsinn. Weißt du, je älter man wird, um so unerklärlicher erscheint einem alles.«

Sie nickt ein wenig, nachdenklich, mit einem gesammelten Gesichtsausdruck. Er kann sich vorstellen, was sie denkt. Wenn es das gibt, die Vorbestimmung, wer bestimmt dann, wer ist es, der für jedermann das Schicksalsrezept fertig hat? Gott? Ach ja, er weiß, wie nahe der Hang zur Religion beim Auftauchen solcher Fragen liegt, der einzige Ausweg, die Flucht in jede Religion, ganz gleich, welche. Er war nie religiös, und sie war es auch nicht. Er sagt: »Ich weiß, was du denkst.« Er sagt es nebenbei, mehr in den Garten hinein gesprochen, mit einem Lächeln, und sie antwortet unmittelbar: »Das hast du früher auch gesagt, nur hast du es nie genau gewußt, es war ein Spiel von dir, ein oberflächliches Spiel. Ich glaube nicht, daß man überhaupt weiß, was in einem anderen vorgeht, man nimmt es nur an, aber man weiß es auch dann nicht, wenn man sehr eng zusammenlebt, wenn man sich liebt, wenn es nichts anderes auf der Welt für einen gibt, als einen selbst und den anderen. Das war auch zwischen uns so. Sonst wäre wohl alles anders gekommen.«

Er gibt ihr recht, ohne etwas zu erwidern, ohne nach einer Antwort zu suchen. Sie spricht von der Ungerechtigkeit des Lebens. Der eine müsse viel leiden, wie Philipp, und der andere nicht, dem einen gelänge alles, er überwinde alle Widerstände, auch die schwersten, die widerlichsten, er stehe sozusagen immer im Sonnenlicht. Ja, sie sagt Sonnenlicht, ein Wort, das ihm ganz unangebracht erscheint, zu lyrisch. Für einen Augenblick hat er den Eindruck, er sei selbst gemeint, er, der aus allen Schwierigkeiten, den persönlichen und den politischen, immer wieder unbeschadet herausgekommen ist, sie könnte sagen: Du hast doch immer Glück gehabt. Aber sie sagt es nicht, sie spricht weiter von Philipp. »Ich glaube, seine Krankheit war eine Folge des Kriegs. Er hat ja den ganzen Rückzug im Westen mitgemacht, immer auf der Flucht, nicht nur vor den alliierten Truppen, den sogenannten Freunden, deren Sieg er doch wünschte, sondern auch vor den eigenen. Er hatte sich abgesetzt, ist wochenlang durch die Wälder geirrt. Er hat selten davon gesprochen, nur in letzter Zeit hat er mir davon erzählt, von der Angst, von den Nächten in oft regennassen Wäldern, verkrochen in irgendein Gebüsch. Man kann sich das heute gar nicht mehr vorstellen. Damals, glaube ich, ist der Keim zu seiner Krankheit entstanden.«

Sie erzählt es, als sei sie selbst dabei gewesen, als habe sie alles miterlebt: die Desertation seines Bruders im letzten Augenblick, dieses Sich-retten-Wollen um jeden Preis, die Angst um das eigene Leben, das allein noch zählt. Er glaubt, solche Situationen zu kennen, und hört ihr mit fast geschlossenen Augen zu.

Es ist immer noch sehr warm, obwohl die Sonne verschwunden ist. Er könnte aufstehen und durch den kleinen Garten ein paar Schritte hin und her gehen, aber es würde sie vielleicht stören und ihre Erzählung unterbrechen. So bleibt er sitzen, hört ihr weiter zu und wundert sich, daß sie ganz plötzlich wieder bei Paris ist, ganz ohne Übergang, ohne Pause. Dieses, ihr Leben mit ihm dort muß für sie in ihrer Erinnerung viel bedeuten, mehr jedenfalls, als er nach den Jahrzehnten, die vergangen sind, vermuten konnte. Er denkt: Es ist ihre Jugend. Jugend in einer Ausnahmesituation, wie sie vielleicht nicht häufig vorkommt.

Sie erzählt von der Armut, von dem wenigen Geld, das sie selbst hatte, von dem armen Alex Smirnoff, von dem armen Leo Gesch, von Attentatsplänen, die den ganzen Kreis beschäftigten, diesen Kreis von Geflohenen, Ausgewiesenen, Verfolgten, ein Attentat auf Hitler.

»Es war verrückt«, sagt sie, »aber es hat uns wochenlang beschäftigt, wir haben nur darüber gestritten; der eine war gegen ein Attentat und der

andere dafür. Dabei gab es gar keine Möglichkeit, jedenfalls nicht für uns, nicht die geringste Möglichkeit. Und einmal haben wir beide vor dem Rodin-Museum gestanden, wir wären gern hineingegangen, aber wir hatten kein Geld. So konnten wir nur in den Garten sehen, von der Straße her, und ein paar Figuren bewundern, die dort aufgestellt waren. Ach ja, du liebtest Rodin. Eine seltsame Mischung: Rodin, Rilke, Karl Marx, erinnerst du dich nicht daran? Ich weiß es noch wie heute, und dabei ist es schon fünfzig Jahre her.«
Sie sieht ihn fragend an. Nein, er erinnert sich nicht, und sie sagt: »Aber eines wirst du bestimmt noch wissen, den Tag, an dem du dich endgültig entschlossen hast, zurückzugehen, zurück nach Deutschland. Es war nicht bei uns, ich glaube, es war bei Leo Gesch, in seinem Hotelzimmer, das nicht besser war als das unsrige.«

Das Zimmer ist ärmlich wie das eigene Hotelzimmer: zwei Stühle, ein Tisch, ein breites Bett, das fast den ganzen Raum einnimmt, ein Waschtisch, auf dem die Porzellanschüssel mit einer Karaffe steht. Nichts scheint ganz sauber zu sein, aber Christian bemerkt es kaum, es ist ihm auch gleichgültig. Er ist seit Tagen mit etwas beschäftigt, das ihm keine Ruhe läßt. Ein Gedanke, der immer wiederkommt, eine Absicht, die sich noch nicht gefestigt hat und die er an diesem Abend mit seinen Freunden besprechen will. Er ist sich nicht sicher, was sie sagen, was sie ihm antworten werden, vielleicht wird es ein Schock für sie sein, vielleicht werden sie es als Verrat empfinden. Noch weiß er nicht einmal genau, ob er es ihnen wirklich sagen wird.
Sie sitzen vor ihm, auf dem Boden, auf den zwei Stühlen, und Karoline hat sich auf das breite Bett gelegt, sie fühlt sich nicht wohl, sie hat Kopfschmerzen. Gestern haben sie ihren zwanzigsten Geburtstag gefeiert, sie beide allein, und sie hatten fast den ganzen Rest ihres Geldes ausgegeben, nur

um ein paar Stunden ganz ausgelassen, ganz fröhlich zu sein. Niemand weiß davon, nur Alex Smirnoff hat es erfahren, und er ist jetzt mit einem Blumenstrauß gekommen, der aussieht, als hätte er ihn im Vorbeigehen ganz einfach von einem Blumenstand genommen und mitgehen lassen.

Sie sitzen ihm gegenüber, Leo Gesch, Alex Smirnoff und zwei andere, die er nicht genau kennt. Sie sprechen schon wieder von dem, was sie seit Wochen beschäftigt, es ist eine Idee, über die sie sich nicht einig werden und die zu immer neuen Streitigkeiten und zu immer neuen Grunddiskussionen führt: jene Attentatspläne, das Attentat auf Hitler. Durch ein Attentat, sagen die einen, ändert man nichts, gar nichts, man verschlimmert nur den Zustand, in dem ein Volk lebt.

Das ist ihre Ansicht: Eine Welle des Terrors werde dem Attentat folgen, nichts bleibe unangetastet, nichts verschont. Die Opfer seien viel zu groß, und außerdem: ein Mensch lasse sich immer durch einen anderen ersetzen, statt Hitler dann Göring, Himmler oder irgendein anderer. Ein System sei dadurch zwar zu erschüttern, aber nicht zu verändern, und das Volk sei mit Sicherheit auf der Seite des Ermordeten, niemals auf der Seite der Attentäter, bis auf wenige. Doch die wenigen hätten kein Gewicht. Und Leo Gesch argumentiert mit der Linie der Kommunistischen Partei, die Attentate ablehnt. Er verläßt sich ganz auf die Entwicklung, den Klassenkampf. Die Ereignisse in Deutschland sind für ihn nur ein Zwischenstadium, eine konterrevolutionäre Interimszeit, die viel schneller vorbei sein werde, als mancher annehme. Dem widersprechen die anderen, und Alex Smirnoff wirft ihnen anarchistische Neigungen vor.

Christian hört ihnen zu, ohne sich einzumischen, er ist für ein Attentat, wagt es aber nicht auszusprechen, es widerspricht seinen Grundansichten, allen Vorstellungen, die er bisher vertreten hat. Doch er denkt zugleich: Der Tod Hitlers, das wird eine Erlösung für viele, nicht nur für mich. Sein Haß, so glaubt er, ist unermeßlich, er haßt zugleich diesen Haß, der ihn einschnürt, der sein Leben bestimmt und aus dem er nicht entkommen kann, der Tod Hitlers würde ihn bestimmt zum Verlöschen bringen.

Er sitzt neben Karoline auf dem Bett, er verfolgt jedes Wort, jeden Satz, der gesagt wird. Sie ereifern sich, sie streiten sich, als hinge die Entwicklung in Deutschland nur von ihnen ab, von ihren Überlegungen, ihren Entscheidungen, selbst Alex Smirnoff hat seine gewohnte überlegene Ruhe verloren. Es ist etwas Hoffnungsloses in seiner Argumentation, er argumentiert mit Sätzen, die vor nicht langer Zeit noch ihre Bedeutung hatten, jetzt aber allmählich ihren Sinn verlieren. Sie haben, Christian denkt es, keinen Bezug mehr in der Situation von heute, sie mögen Gültigkeit haben für lange

Zeiträume, aber nicht für die Gegenwart, nicht mehr für das, was geschehen ist und immer noch geschieht.
Es ist das erste Mal, daß Christian an den Glaubenssätzen von gestern zweifelt und auch an sich selbst. Er sitzt da, den Kopf in die Hände gestützt, und seine Gedanken entfernen sich mehr und mehr von den Überlegungen der anderen, von ihrem Streitgespräch, das ihm vorkommt, als werde es in einem luftleeren Raum geführt. Was ihn beschäftigt, ist etwas anderes, es verfolgt ihn schon seit Tagen: Dieses Leben hier ist hoffnungslos, es muß nach seiner Ansicht zur vollständigen Lähmung führen. Er weiß, er muß es ändern, es zerstört ihn, macht ihn von Tag zu Tag mutloser. Ja, Karoline ist da, seine Liebe zu ihr, ihre Gegenwart, die er auch jetzt stärker spürt als alles andere. Sie liegt in seinem Rücken, und jetzt richtet sie sich halb auf, während er sich ihr zuwendet, und sagt: »Es ist doch alles Unsinn, was sie reden. Keiner von ihnen kann nach Deutschland zurück. Jeder von ihnen würde schon an der Grenze abgefangen, und nicht einer ist fähig, ein solches Attentat vorzubereiten und auszuführen. Warum reden sie denn davon?«
Es klingt scharf, was sie sagt, fast beleidigend, nicht spöttisch, es ist eine Feststellung, nicht weniger und nicht mehr. Alex Smirnoff, der nur einen Schritt von ihnen entfernt auf einem der zwei Stühle sitzt, dreht sich um und lächelt Karoline an,

so, als habe er sich gar nicht gestritten. »Ja, du hast recht, Karoline, es ist Unsinn.« Und sie lächelt zurück und antwortet: »Ach, Alex, warum redet ihr nur so viel. Es ist doch alles umsonst.«

Ja, es ist alles umsonst, Christian weiß es, die vielen Diskussionsnächte in den Pariser Cafés, die Analyse und Gegenanalyse, die Auslegung von Theorien, die vielleicht gar nicht mehr anwendbar, nicht mehr zeitgerecht sind. Das, was in Deutschland geschieht, ist mehr als eine Machtergreifung der Reaktion, es ist eine Veränderung, eine Umwälzung, keine Revolution im klassischen Sinn. Es ist etwas nicht Faßbares, aber alle Beurteilungen mit den Maßstäben von gestern erscheinen ihm fragwürdig. Niemand von ihnen hat das erwartet, was geschehen ist, es hat sie mehr als überrascht, es hat sie mit großer Gewalt auseinandergetrieben und verstreut. Nun sitzen sie hier und vertrödeln ihre Zeit mit überflüssigen Theoriediskussionen, sind im Abseits der Entwicklung und glauben doch immer noch, Mitwirkende zu sein.

Nein, er will den Weg nicht mitgehen, zu dem sie verurteilt sind. Er muß zurück, er muß es versuchen, auch wenn es ihm nicht gelingt, auch wenn er daran zugrunde geht. Er sagt, den Kopf wieder in die Hände gestützt und immer noch vor Karoline sitzend, die sich wieder auf das Bett hat zurückfallen lassen: »Ich weiß nicht, vielleicht stimmt das, was Karoline sagt. Wir sitzen hier herum und re-

den, versuchen zu klären, was wir für erklärbar halten, und nichts kommt dabei heraus. Es bleiben Sätze, Wörter, die nichts bewirken, nichts bewirken können, wir stehen der nackten Gewalt gegenüber, einer schon nicht mehr vorstellbaren Brutalität, einer Mentalität, in der die Tat alles ist und das Wort nichts oder nur noch wenig bedeutet. Was sollen da unsere Diskussionen, unsere Theorien? Sie sind überflüssig. Wenn wir so weitermachen, sind auch wir überflüssig. Ich glaube, den Nationalsozialismus kann man nur im eigenen Land bekämpfen, nur dort und nicht in Paris.«
Sie schweigen alle und sehen ihn an, als habe er etwas Ungeheuerliches, nicht Faßbares gesagt, etwas, was sie nicht erwartet haben und nicht erwarten konnten. Es macht sie betroffen, dieses Wort von ihrem Überflüssigsein, von der Hoffnungslosigkeit ihres Lebens. Nur Alex Smirnoff lächelt ein wenig sein skeptisches Lächeln, ein Lächeln der Trauer, des Verlorenseins. Er nimmt sein Pincenez langsam ab, legt es auf den Tisch und setzt es wieder auf, er hüstelt leicht in sein Taschentuch, das er aus einer Rocktasche zieht, einer trommelt auf den Tisch, als müsse er die Stille unbedingt beenden, und endlich bricht Leo Gesch das Schweigen.
»Ich bin nicht deiner Meinung. Sie ist richtig und falsch zugleich. Es kommt auf das Draußen und Drinnen an, wir brauchen das eine und das andere.

Die Konspiration ist wichtig, viel wichtiger als du glaubst. Dafür sind wir da, hier draußen, ohne uns geht das nicht. Das ist auch die Ansicht der Partei. Darauf stützt sie sich ja.«

»Ich bin nicht mehr in der Partei«, unterbricht ihn Christian, »schon lange nicht mehr. Und das, was deine Partei sagt, ist für mich nicht entscheidend. Gib doch zu, daß sie Fehler gemacht und damit ihre Niederlage selbst verschuldet hat.«

Er sieht Leo Gesch dabei an, so, als wolle er ihn reizen, ein Funktionär der kommunistischen Partei noch immer, auch in Paris, auch er nach seiner Ansicht im Abseits, hilflos dem großen Sturm ausgesetzt, ein Mann, der nach einem Halt sucht, irgendeinem Halt, an den er sich klammern kann, einem fast Ertrunkenen gleich. Je mehr die Ereignisse ihn bedrängen, um so mehr wird er sich an seiner Partei festhalten. Jeden Augenblick kann wieder der große Streit ausbrechen über die Fehler, Taktik und Strategie der Partei, aber er, Christian, ist nicht dazu aufgelegt, er wird diesem fast täglichen Streit ausweichen. Es ist schon genug darüber geredet worden, zuviel schon, viel zu viel. Er sagt, wobei er über alle hinwegblickt an die Wand ihm gegenüber: »Ich habe mich entschlossen, zurückzugehen, und ich gehe zurück.«

Er bekommt keine Antwort, nicht unmittelbar, es ist, als sei sein Satz in eine große Leere gefallen, in eine Stille, die ihn zugleich unsicher macht, ja, für einen Augenblick weiß er nicht, ob sein Entschluß richtig ist oder nicht. Vielleicht ist sein Satz ›Man kann den Feind nur im eigenen Land bekämpfen‹ nur ein Vorwand, vielleicht bewegen ihn noch andere Gefühle, Sehnsucht vielleicht, Heimweh, der Wunsch, dabei zu sein, im Dagegen natürlich, auf der Seite derer, die so denken wie er. Ja, er weiß, er hat auch Angst, mehr Angst, als er sich eingestehen will. Er hat sie in den letzten Tagen immer wieder verdrängt, bagatellisiert, und sich dort Hoffnungen gemacht, wo wahrscheinlich gar keine bestehen, Hoffnungen auf ein Durchkommen und auf ein langes Untertauchen in dem Volk, zu dem er gehört.

Er hat es sich immer wieder in den letzten Tagen eingeredet: Ich gehöre dazu, man kann sich nicht daraus lösen, man darf sich nicht ins Abseits drängen lassen, ganz gleich, was geschieht und welche Folgen es hat. Er wiederholt es noch einmal jetzt leiser und etwas zögernd: »Ja, ich gehe zurück.«

Karoline hat sich hinter ihm aufgerichtet, sie sitzt jetzt auf dem Bett und legt ihre Hände auf seine Schultern: »Warum hast du mir das nicht gesagt? Warum sagst du es erst jetzt?« Und er antwortet: »Wir sprechen später darüber.«

Ja, er wird mit ihr ausführlich darüber sprechen. Er weiß, es wird nicht ohne Vorbereitungen gehen, und sie, Karoline, wird ihm dabei helfen müssen. Er verläßt sich auf sie, und in diesem Augenblick

hat er nur sie, nur sie allein, alle anderen können ihm nicht helfen.
Jetzt räuspert sich Alex Smirnoff. Christian kennt dieses Räuspern, es kommt immer, wenn er etwas Nachdenkliches, Wichtiges oder Bemerkenswertes sagen will, und es kommt Christian vor, als sei es diesmal länger als sonst, ja, als sei Alex mehr betroffen, als er, Christian, erwartet hatte.
»Hast du dir das genau überlegt? Es ist eine Entscheidung, für die du vielleicht schwer bezahlen mußt, vielleicht mit deinem Leben. Hier bist du in Sicherheit. Ich weiß, es ist eine Sicherheit ohne festen Boden. Auch hier ist man verloren, manche nennen es entwurzelt, ein dummes Wort, und wenn Hitlers Diktatur länger dauert, sehr viel länger, Jahrzehnte vielleicht, was wird dann mit uns, mit dir? Ich kann es mir vorstellen. Ein Leben ohne Aufgabe, ohne Sinn, ein verlorenes, ein armseliges Leben. Ich weiß, was das bedeutet, es geht mir schon lange so. Das ist die eine Seite. Und die andere, die politische? Ich gebe dir recht, ernsthaft kann man den Gegner nur im eigenen Land bekämpfen, im eigenen Volk, aber wir haben es mit einer modernen Diktatur zu tun. Entschuldige das Wort ›modern‹, es ist so, sie ist nicht vergleichbar mit Diktaturen früherer Zeiten, sie bedient sich aller technischen Mittel unserer Zeit, sie ist sozusagen perfekt, was Einschüchterung, Beeinflussung, Überwachung betrifft, sie erreicht damit jeden, und

sie wird auch dich erreichen, auch wenn du durchkommst, wenn dir nicht gleich etwas geschieht. Sie wird dich paralysieren, dich in die politische Ohnmacht treiben, zum Nichtstun verurteilen. Kurz: es wird dir nicht besser gehen als hier, nur wirst du dort dauernd in Angst leben, in Furcht, immer auf der Flucht. Doch du hast dich entschieden, und ich will nicht dagegensprechen.«

Sie haben ihm alle schweigend zugehört, und sie schweigen auch jetzt, während er sein Pincenez abnimmt, die Gläser mit seinem Taschentuch abreibt und es dann wieder aufsetzt. Es sieht aus, als tränten seine Augen ein wenig, als habe er sich mit diesen Ausführungen selbst beeindruckt.

Doch plötzlich fährt er fort: »Laßt mich dies noch sagen: Die meisten von uns sprechen von Reaktion, ja, von Konterrevolution, sie beurteilen es mit den Maßstäben von gestern, sie vergleichen es mit dem, was sie aus der Geschichte kennen, aber es ist etwas anderes, etwas Irrationales, etwas nicht ganz Faßbares. Ich glaube, es ist etwas sehr viel Schlimmeres.«

Er ist bei dem letzten Wort aufgesprungen, geht durch das Zimmer, bleibt kurz bei Leo Gesch stehen, sagt: »Ich weiß, du bist anderer Meinung, du brauchst es mir nicht zu erklären«, und setzt sich zu Karoline aufs Bett.

»Und du, Karoline, was wird mit dir?«

»Ich bin ja nicht gefährdet«, antwortet sie, »mich sucht ja niemand.«

»Dann fahr du zuerst zurück. Es ist besser.«
Karoline sieht ihn irritiert an, sie begreift nicht ganz, warum sie zuerst fahren soll. Sie ist jetzt ganz da, ganz wach, ihre Neugier ist erwacht. Der Entschluß Christians hat sie überrascht, er muß seit Tagen damit herumgegangen sein und hat doch kein Wort davon gesagt. Es könnte sie kränken, aber vielleicht mußte er erst die Zustimmung seiner Freunde einholen, ihre Bestätigung für seine Überlegungen, so seine eigene Unsicherheit überwinden. Christian sieht, was sie denkt, er kann es an ihrem Gesicht ablesen. Sie ist aufgesprungen und hat sich neben ihn gesetzt. Ihre Elastizität, ihre Energie, ihre schnelle Reaktion, jetzt sind sie wieder da. Sie sagt: »Hast du das wirklich vor?« Er antwortet nicht mit ja, sondern nickt nur, etwas abwesend, als seien da immer noch Zweifel, die er überwinden muß.
Die Stille im Zimmer stört ihn, die Gedanken der anderen und das, was Alex Smirnoff gesagt hat. Er möchte darauf erwidern, findet aber nicht die richtigen Worte. Seinen Entschluß kann man auch anders auslegen, er weiß es. Verrat vielleicht, ein Überläufer, einer, der den Kampf aufgibt. Sie können so denken, wenn sie wollen. Er möchte den Satz ›Seinen Gegner kann man nur im eigenen Land bekämpfen‹ noch einmal aussprechen, ihnen gegenüber und auch zu seiner eigenen Bestätigung, aber er tut es nicht, er ist, er denkt es für einen

Moment, niemandem Rechenschaft schuldig, auch nicht seinen Freunden hier in Paris. Doch da ist ein Gefühl der Erwartung auf ihrer Seite, sie erwarten mehr von ihm, noch eine Erklärung. Er sieht es Leo Gesch an, der auf seinem Stuhl sitzt, etwas gekrümmt, nach vorn geneigt, die Hände auf den Knien, mit dem Gesicht einer Bulldogge, einer, der sein Leben lang kämpfen und doch immer wieder verlieren wird, Christian denkt es: Einer, der zum Verlieren geboren ist. Er verwirft den Gedanken, ja, läßt ihn fallen, als habe er ihn nicht gedacht. Vielleicht geht es ihm selbst so, vielleicht wird auch er zu den Verlierern gehören, so wie es in den letzten Jahren war, so wie es jetzt ist. Es widerstrebt ihm, er weiß, er wird im Haß leben, im Haß auf die Sieger von heute, und jetzt, Leo Gesch gegenüber, empfindet er seine eigene Ohnmacht und auch die seiner Gegenüber stärker denn je. Er sagt, und er spricht es aus wie eine Frage, deren Beantwortung für ihn wichtig, ja unter Umständen entscheidend ist: »Was sagst du denn, Leo?«
Und Leo Gesch schweigt, es ist, als müsse er nachdenken, als sei er noch nicht fertig mit diesem für ihn so plötzlichen Entschluß von Christian, als schwanke er zwischen Zustimmung und Ablehnung. Er richtet sich ein wenig auf, es sieht aus, als müsse er sich sammeln, als wolle er eine Rede halten, und sagt, sehr langsam:
»Was Alex meint, ist Unsinn. Wir sind hier genauso

wichtig wie die da drinnen. Wenn noch irgendeine Möglichkeit besteht, zurückzugehen, dann soll man es natürlich tun, doch nur, wenn man sich der illegalen, der im Untergrund arbeitenden Partei anschließt. Ich denke, das ist ein Grund. Aber diese Absicht hast du nicht, sie gilt für mich. Nur ich kann nicht zurück, ich habe keine Chance.« Er sagt es anders als sonst, nicht fordernd, nicht dogmatisch, ohne Fanatismus, aber seine Hoffnung ist unverkennbar, die Hoffnung, doch noch zu siegen, vielleicht schon in einigen Monaten oder in wenigen Jahren, sie entspricht seiner Überzeugung, in der der endgültige Sieg seiner Partei unverrückbar feststeht.

»Ihr seid anderer Meinung als ich, ihr seid es schon seit Jahren, doch eure Fehler sind nicht unsere Fehler. Ihr glaubt, die Partei hat versagt, sie hat kapituliert, sie war nicht vorbereitet auf die Machtergreifung Hitlers, das redet ihr euch ein. Aber das ist falsch. Ich sage euch, ihre Kader arbeiten, die Partei war vorbereitet, und sie ist nicht zu schlagen. Das wird Hitler nicht gelingen.«

Es ist eine halbe Zustimmung, ein Einverständnis mit Vorbehalten, und Christian möchte ihm antworten, möchte ihm sagen: Es geht schon um sehr viel mehr, als nur um deine Partei. Aber er schweigt. Er will ihn nicht kränken, nicht verletzen, Leo Gesch hält sich an seiner Partei fest, sie ist sein Zuhause, seine Heimat, seine letzte Bastion. Sie

haben sich genug gestritten, seit fast einem Jahr, jetzt scheint es ihm überflüssig, jetzt ist nur seine Rückkehr wichtig, sonst nichts, nur dieser Entschluß. Und auch Alex Smirnoff antwortet nicht, er hat sich wieder auf seinen Stuhl gesetzt, und für einen Augenblick hat Christian das Gefühl, als sei er mehr als betroffen von seiner Mitteilung, von dem Verzicht auf seine Gegenwart hier in Paris. Aber er wird es nicht aussprechen, es ist nicht seine Art. Er sagt nur, mehr zu sich selbst als zu den anderen: »Ja, das ist ein Entschluß, darauf war ich nicht gefaßt.« Er lächelt dabei Karoline an mit seinem verhaltenen, seinem skeptischen Lächeln, es ist wie eine Frage an sie, und Karoline antwortet: »Ich habe auch nichts davon gewußt.«
»Und du bist damit einverstanden?«
»Natürlich, ich gehe ja sowieso zurück.«
Ihre Antwort klingt selbstverständlich, fast fröhlich. Sie hätte auch antworten können: Wir werden schon damit fertig werden. Es entspräche ihrem Optimismus, ihrem Glauben an Christian, ihrer Liebe zu ihm. Sie sitzt jetzt neben Christian. Sie möchte nach Hause gehen, zurück in das eigene Hotelzimmer, sie flüstert es Christian zu, ohne die anderen zu beachten: »Es geht mir nicht sonderlich gut. Komm, laß uns nach Hause gehen. Es wird Zeit, ich bin müde.«
Ihr Wunsch ist in diesem Moment auch der seine. Es ist genug gesagt worden, und vielleicht wird

gleich wieder der ewige Streit um theoretische Auslegungen beginnen, an denen er immer teilgenommen und in denen er sich zeitweise heftig engagiert hat, die ihm jetzt aber ganz unwichtig erscheinen gegenüber dem, was er vor sich sieht: seine Rückkehr nach Deutschland. Er hat eine Ausrede, sich zu entfernen, Karoline geht es nicht gut, nicht sonderlich hat sie gesagt. So steht er auf, sagt: »Wir müssen gehen« und fügt nach einer Pause hinzu: »Wir sprechen in den nächsten Tagen noch darüber«, und Alex Smirnoff antwortet, indem er aufsteht und ihm die Hand reicht: »Ja, vielleicht kann ich dir noch ein paar Ratschläge geben.«
Sie gehen hinaus, die Treppe des alten, schon halb verfallenen Hauses hinunter, Karoline voran, immer eine Stufe tiefer, und plötzlich bleibt sie stehen, dreht sich um, sieht ihm voll ins Gesicht und sagt: »Ich bin sehr froh, und ich habe auch gar keine Angst.«

Der heiße Julitag neigt sich dem Ende zu, der leichte Südostwind hat sich gelegt, die Bäume in den nachbarlichen Gärten stehen regungslos, nichts bewegt sie mehr. Es ist, als atmeten sie die Stille ein, den sich ausbreitenden Abend, und Christian kommt es vor, als atmeten auch die Blumen in Philipps Garten jetzt anders als am Tag. Er glaubt, ihren Duft wahrzunehmen. Karoline sitzt ihm immer noch gegenüber, sie ist ein paarmal aufgestanden, hin und her gegangen, ins Haus, in den Garten, und jetzt sitzt sie wieder auf dem Gartenstuhl, leicht zusammengekauert, die Beine angezogen.
»Gehen wir noch an Philipps Grab, wenn es kühl genug ist?« Er nickt, gesteht sich aber nicht ein, daß er nur ungern mitgeht, will es vor sich selbst nicht wahrhaben. Es ist genug der Trauer, der Wehmut, der Verzweiflung und des Abschiednehmens. Der Tag war lang, ermüdend. Sie hat sich beherrscht, wie es ihre Art ist, nun fürchtet er, daß es doch noch zu Tränen kommt, Tränen an Philipps Grab. Es bewegt ihn einen Augenblick lang, aber er sagt:

»Gut, wir gehen dann beide, etwas später.« Und sie antwortet: »Ach ja, ich möchte nicht allein gehen, ich habe Angst vor mir selbst, verstehst du das?«
Er versteht es, versteht es besser, als sie glaubt. Ihre Tränen könnten auch die seinen auslösen, doch keine Tränen können seinen Bruder Philipp zurückholen, der Tod gehört zum Leben. Er redet es sich wieder ein, es ist besser, ihm mit Gleichmut zu begegnen.
Er will nicht seine Selbstbeherrschung verlieren, so wie sie die ihre nicht verlieren darf, nicht jetzt, nicht an diesem Tag, nicht in seiner Gegenwart. Morgen wird sie schon allein sein, allein mit sich und seinem toten Bruder Philipp, aber er will es sich nicht vorstellen, dieses ihr Alleinsein. Alles, was er tun kann, jetzt, an diesem Tag, ist ein wenig Ablenkung. So beginnt er wieder von Paris zu sprechen: »Seltsam, wie sich alles verklärt, je weiter es sich von uns entfernt. Unsere Zeit in Paris, sie kommt mir, wenn wir davon sprechen, wie ein Märchen vor, und dabei war es doch gar nicht so, es war doch alles sehr ärmlich, nur manchmal, immer wenn dein Scheck kam, sind wir gut essen gegangen, einmal im Monat, nur einmal, in ein Restaurant. Es war ein sehr altes Eßlokal, angeblich übrig geblieben aus der großen Revolution. Wie hieß es doch?«
»›Procop‹«, antwortet sie, »ich meine, es hieß ›Procop‹.«

»Da hingen Miniaturen an den Wänden mit dem Porträt derjenigen, die dort einmal gegessen hatten, und ich setzte mich immer auf den Stuhl Dantons. Weißt du noch?«

»Ja, du warst besessen von Danton, er war dein großes Vorbild. Aber ein Danton bist du nicht geworden, nein, wenn ich mir das vorstelle: du und Danton?«

Sie lacht bei dieser Vorstellung, es amüsiert sie, und für einen Augenblick sieht sie für ihn aus, als habe sie die Trauer dieses Tages beiseite geschoben, auch ihre Augen lachen. »Danton«, sagt sie, »Danton.« Es klingt nicht ironisch, nicht abwertend, sie spricht es lachend aus, ein klangvoller Name, der Name eines Mannes, den auch sie damals bewunderte.

»Oft sind wir an seinem Denkmal vorbeigegangen, und immer hast du deinen Hut abgenommen, hast ihn ehrfürchtig begrüßt wie einen Lebenden. Ich fand das albern, aber ich habe nie etwas dazu gesagt, nein, das habe ich wirklich nicht.«

Es ist ihm ein wenig peinlich, diese Geste von damals. Ja, sie war albern, aber Danton war für ihn der Inbegriff der Revolution gewesen, neben dem alle anderen Revolutionäre der Vergangenheit verblaßten. Er sagt, um von Danton abzulenken: »In dem Lokal haben wir unendlich viel Muscheln gegessen, ganze Berge von Muscheln, und dazu roten Landwein getrunken, bis wir voll und selig waren, und dann sind wir zurück in unser Hotel gegangen und haben den ganzen Nachmittag über bis in die Nacht hinein geschlafen, bis uns manchmal Alex oder Leo oder ein anderer abholte, um wieder, wie immer, die Nacht in einem Café durchzudiskutieren. Manchmal aber haben wir das Aufstehen vergessen und sind erst am nächsten Morgen wieder aufgewacht.«

Erst jetzt bemerkt er, daß er vielleicht zu viel gesagt hat, zu weit gegangen ist. Sie will sich nicht erinnern, ihr Gesicht hat sich verschlossen. Sie lacht nicht mehr, sie sagt fast nebenbei: »Und ich war ganz von Wanzen zerstochen.« Und dann, unerwartet für ihn, beginnt sie wieder von Philipp zu sprechen: »Es waren dreißig Jahre«, sagt sie, »dreißig wunderbare Jahre. Wir haben wenig Reisen gemacht, immer waren wir hier zu Hause, hier, wo du jetzt sitzt, mit diesem Garten, dieser Terrasse, diesem Haus. Mit niemandem habe ich mich so gut verstanden wie mit ihm.«

Sie wiederholt es noch einmal, als müsse sie sich selbst bestätigen: »Mit niemandem.« Sie spricht es aus, als sei auch er damit gemeint, aber er nimmt es hin, es berührt ihn nicht sehr. Sie sieht jetzt von ihm weg in den Garten, und er antwortet und gibt sich dabei Mühe, nicht spöttisch zu sein. »Nun, er war ja auch mein Bruder.«

Er möchte von seiner Familie sprechen, von seinen Brüdern, die nach seiner Ansicht alle von der gleichen Mentalität waren, eine Familienmentalität, die auch seinen Bruder Philipp ausgezeichnet hatte. Er wartet auf eine Erwiderung von ihr, aber sie beginnt von einer anderen, späteren Zeit zu sprechen.

»Weißt du noch, damals, es war ein Jahr vor dem Krieg. Ich glaube, du warst in eine Flugblattaktion verwickelt, eine unbedeutende Aktion, unbedeutend und hoffnungslos, wie alles, was ihr unternommen habt. Du hattest eine Vorladung von der Gestapo. Du wolltest nicht gehen, sie hätten dich aber doch bekommen, so blieb dir keine andere Wahl. Weißt du das noch? Drei Stunden habe ich vor dem Gestapo-Gebäude gestanden und geweint, immer nur geweint. Heute kann ich mir das gar nicht mehr vorstellen, diese schreckliche Angst, sie ist ganz verlorengegangen. Und als du doch wieder herauskamst, ich hatte dich schon aufgegeben, hast du gelacht und gesagt, und an diesen Satz erinnere ich mich genau: ›Ich wußte gar nicht, daß ich ein so vollendeter Trottel bin.‹«

Er erinnert sich nicht an diesen Satz, ja, er hatte sich in dem stundenlangen Verhör wie ein Trottel gegeben, ein etwas heruntergekommener, nicht unterrichteter, weltferner Bücherwurm, der in einem Abseits vom großen Geschehen lebt, von dem großen Aufbruch der Nation. Es war ihm gelungen, sie davon zu überzeugen, daß seine politische Tätigkeit vor 1933 für ihn nicht mehr als eine lästige Vergangenheit war. So hatten sie ihn laufenlassen, nicht ohne dringende Ermahnungen, endlich der Partei oder irgendeiner anderen Formation beizutreten. Ja, er erinnert sich, er sieht sie vor sich, Karoline, sie steht auf der anderen Straßenseite an einen Lichtmast gelehnt, klein, verloren, allein in dem Verkehr, unter den vielen Menschen. Er sieht ihr verweintes Gesicht, sieht sich selbst über die Straße laufen. »Karoline«, ruft er, »Karoline.« Und jetzt sieht sie auch ihn, ihr Gesicht verändert sich, und nun erst beginnen sich ihre Tränen zu verselbständigen, sie laufen über ihr Gesicht, ununterbrochen, auch noch, als sie den Platz verlassen. Aber es sind andere Tränen als jene, die sie vorher geweint hat.

»Ja«, sagt er, »damals bin ich davongekommen, aber es war immer so, auch im Krieg. Es ist wohl so, wie du gesagt hast: Es war Glück, immer nur Glück. Es trifft die einen, und die anderen nicht, und niemand weiß, warum es so ist.«

»Nein, niemand weiß es«, antwortet sie. »Es wäre wohl auch schlimm, wenn man es wüßte. Deinem Bruder Philipp ist es anders ergangen, er hatte wohl nur selten Glück. Das fing schon in seiner Jugend, mit einer jahrelangen Krankheit an, es war die Tuberkulose, er mußte sein Abitur ein Jahr später nachholen wegen dieser Krankheit. Ich glaube, du hast dich nie darum gekümmert, es war dir gleichgültig.«

Er verneint es mit einem Kopfschütteln, es war ihm

nicht gleichgültig. Nur, so glaubt er, hat er damals keine Zeit gehabt, sich um seinen jüngsten Bruder zu kümmern. Es war die Zeit seiner eigenen Jugend, die Zeit der großen Armut, des politischen Umbruchs, in der er sich engagiert hatte, eine Zeit, die keinen Raum ließ für irgendeine Art von Fürsorglichkeit. Er bedauert es jetzt. Trotzdem empfindet er ihre Vorwürfe als ungerecht, er hat ihn ja geliebt, seinen Bruder, vielleicht mehr, als es unter Brüdern üblich ist. Er hat ihm nur niemals richtig helfen können, immer hatte etwas anderes dazwischengestanden: die Zeit, die Politik, der Haß auf die neuen Machthaber, die Turbulenzen seines eigenen Lebens. Nein, es hat keinen Zweck, darüber nachzudenken, diese Rückblicke sind sinnlos, er will nicht mehr darüber sprechen. Philipp ist tot, und dies ist der Tag seines Abschieds von ihm.

So antwortet er nicht, sondern sieht sie nur schweigend an. Und sie erwartet anscheinend auch keine Erwiderung, sie hat sich ganz in sich selbst zurückgezogen. Die Vergangenheit hat für sie eine andere Bedeutung als für ihn, sie enthält ihr Leben, das mit Philipps Tod zu Ende gegangen ist. Er denkt: Auch ihr Leben nähert sich dem Ende, auch für sie gibt es nichts mehr, was darüber hinaus führt. Sie hat die Augen geschlossen, und er sieht auf ihre klare, noch von keiner Falte entstellte Stirn unter dem Ansatz ihrer Haare. Es ist noch dasselbe Gesicht, das ihm einmal so viel bedeutet hat, die Jahre haben es nicht verändert. Er möchte ihr sagen: Du bist noch so wie damals, wie vor fünfzig Jahren. Aber er weiß auch zugleich, daß es eine Illusion ist, eine Fata Morgana, die seine Jugend widerspiegelt. So wartet er schweigend, bis sie die Augen wieder öffnet, ihn nachdenklich anblickt und sagt:

»Einmal habe ich noch sehr um dich geweint, mehr noch, als vor dem Gestapo-Gebäude. Das war der Tag, als du zur Wehrmacht mußtest, und damals, glaube ich, habe ich zu Recht geweint. Vielleicht habe ich gewußt, daß unsere Liebe diesen Krieg nicht überleben würde, vielleicht ahnte ich es nur. Es war ein schrecklicher Tag, und es waren schreckliche Wochen und Monate, die darauf folgten, und ich wußte auch, ich würde dich nicht wiedersehen.«

»Aber du hast mich doch wiedergesehen, auch einmal während des Krieges.«

»Ja, natürlich, aber das war schon etwas anderes, das warst schon nicht mehr du. Der Mann, der da auf Urlaub kam, war schon ein anderer, er hatte sich von mir entfernt durch Erlebnisse, die ich nicht kannte, die ich nur vermuten konnte. Dieser Tag, als ich dich zum Bahnhof brachte, erinnerst du dich?«

Er sieht die lange Straße vor sich in Berlin-Charlottenburg, eine endlose, graue Straße. Es ist ein trüber Apriltag, früh am Morgen. Er trägt einen Pappkarton in der rechten Hand, in dem die wenigen zivilen Sachen sind, die er mitnehmen darf, den linken Arm hat er unter ihren Arm geschoben, sie hält seine Hand fest, als dürfe sie ihn nicht weglassen, als müsse sie ihn für immer festhalten. Nein, sie weint nicht, sie hat es in der Nacht getan, und jetzt scheinen ihre Augen ausgetrocknet. Sie sprechen nicht viel miteinander, sie gibt ihm keine Ratschläge, spricht nicht von dem, was vielleicht morgen sein wird. Sie gehen die Bahnhofstreppe hinauf, Schritt für Schritt, er weiß, sie möchte ihn zurückhalten, möchte ihn nicht gehen lassen, jeden Schritt hemmen, verlangsamen, die Zeit in ihrem Ablauf bremsen, sie stillstehen lassen, jetzt, vielleicht für immer. Der Zug, der ihn erwartet, ist wie der Morgen: grau, grau, überfüllt mit Menschen, die nicht lachen, nicht fröhlich sind, Menschen, denen es nicht besser geht als ihm, seinesgleichen in diesem Augenblick, Ja, er erinnert sich, er hat sich ans Fenster gedrängt und hat sie so stehen sehen: bewegungslos, verlassen, allein.

Sie hat recht, es wird ihm erst jetzt hier auf der Terrasse bewußt: Es war wohl der entscheidende Tag, der Beginn ihrer Trennung, eine Trennung, die nicht vorgesehen war, an die sie niemals geglaubt haben und die sie sich für ihr Leben nicht vorstellen konnten, sie kam von außen und zerstörte, was nach ihrer Ansicht nicht mehr zu zerstören war. Er kann es Schicksal nennen oder die Vergänglichkeit aller Gefühle, es gab keine sinnvolle Erklärung dafür. Jede Überlegung ist umsonst und führt zu nichts. Aber sie scheint diese Erinnerung schon wieder vergessen zu haben, sie ist Vergangenheit für sie, und der Mensch, der ihr gegenübersitzt, ist der Bruder ihres Mannes, ihr Schwager. Auch sie kann sich nicht in die Gefühle zurückversetzen, die sie einmal für ihn empfunden hat. Es verbindet sie viel miteinander, aber es sind nur die äußeren Geschehnisse, an die sie sich erinnern, nicht die Empfindungen.

Und jetzt spricht sie plötzlich wieder von Paris, sie springt hin und her in ihren Erinnerungen, in ihrer gemeinsamen Vergangenheit, vor und zurück, wie es ihr gerade einfällt. Sie sagt: »Ja, wir haben es so gemacht, wie Alex Smirnoff es uns geraten hat. Ich bin drei Wochen früher gefahren als du. Wir wollten sehen, ob ich ohne Schwierigkeiten nach Berlin komme, denn wenn sie von dir wußten, mußten sie auch von mir wissen. Mir aber konnte nicht viel geschehen, ich war ja nicht belastet, ich konnte mich rausreden, ich konnte immer sagen, ich hätte mich von dir getrennt wegen deiner politischen Anschauungen. Das erschien uns damals noch einfach, wir waren naiv, ich glaube, sogar sehr naiv.«

»Und du hattest keine Angst?«

»Nein, ich glaube nicht. Jedenfalls erinnere ich mich nicht daran. Ich habe dir dann ein Telegramm geschickt, wie wir es verabredet hatten, ein unverfängliches Telegramm, ein Zeichen, daß alles in

Ordnung ist, es war ein Geburtstagsglückwunsch. Auch das war leichtsinnig, von heute aus gesehen, sogar sehr leichtsinnig. Ein anderes Telegramm mit einem anderen Text sollte dir das Gegenteil sagen. Ich weiß nicht mehr, wie der Text hieß, dann mußtest du in Paris bleiben. Doch nach meiner Ansicht konntest du kommen.«
Er kann sich den Tag, an dem ihr Telegramm kam, nicht mehr zurückholen, er erinnert sich nur undeutlich. Es muß beides ausgelöst haben: Glück und Furcht, Angst und Hoffnung. Er kann es sich nicht mehr vorstellen, er erinnert sich nur an die einsamen Tage in Paris, die Tage ohne sie. Damals hatte er sich verkrochen, war seinen Freunden aus dem Weg gegangen, nur, um in seinen Gedanken an sie nicht gestört zu werden, nur, um wenigstens in seiner Phantasie mit ihr allein zu sein. Es waren Tage der Unsicherheit, der Niedergeschlagenheit gewesen, qualvolle Tage, in denen er sich bewußt gewesen war, daß er sie vielleicht für immer verlieren würde. Und dann war ihr Telegramm gekommen.

Es kommt ihm vor, als sei der D-Zug, der jetzt nach Osten fährt, derselbe, der ihn einmal, ein Jahr zuvor, nach Westen gebracht hatte, nach Paris, mit ihr zusammen. Stunden der Gemeinsamkeit, die schnell vergangen waren. Und jetzt? Die Zeit scheint ihm stillzustehen, jede Minute dehnt sich aus, und unendlich langsam reiht sich eine an die andere, ergibt eine Stunde nach einer Ewigkeit, und dann beginnt es wieder von vorn, die nächste Stunde.

Er ist unruhig, unruhiger, als er es sich eingesteht, er sitzt in einer Ecke seines Abteils, springt immer wieder auf, läuft hinaus auf den Gang, geht an den Fenstern des Wagens vorbei, aber er sieht nichts, nicht die Landschaft, die draußen vorbeizieht, nicht die Reisenden, niemanden. Es ist, als fahre er ganz allein in diesem Zug, ganz allein einer gefährlichen Zukunft entgegen und gleichzeitig zu ihr, zu Karoline. Und beides verbindet sich für ihn, Karoline und die Gefahr, die Angst und die Sehnsucht. Vergeblich versucht er, sich vorzustellen, was ihn er-

wartet. Noch weiß er nicht, ob er die Grenze ohne Schwierigkeiten passieren wird. Schon dort kann seine Reise, diese Rückkehr, ein jähes Ende haben. Vielleicht werden sie ihn aus dem Zug holen, und er wird den Weg gehen, den schon so viele andere vor ihm gegangen sind und von dem es dann keine Rückkehr mehr gibt, der Gewalt ausgesetzt, dem Haß, der Brutalität. Es kann so sein, und es wird wahrscheinlich so sein, alles andere wäre ein Geschenk, ein Geschenk, dessen Geber er nicht kennt. Aber er denkt, und der Gedanke kommt ihm immer wieder: Ich mußte es tun, ich durfte nicht länger in Paris bleiben, dort wäre ich zugrunde gegangen, ohne mich wehren zu können, abseits jeder politischen Tätigkeit. Und wie zur eigenen Bestätigung kommt der Satz immer wieder zu ihm zurück, den er in Paris gegenüber seinen Freunden ausgesprochen hat: ›Den Gegner kann man nur im eigenen Land bekämpfen.‹
Und da ist Karoline, es ist drei Wochen her, daß er sie zum letzten Mal gesehen hat. Damals hat er sich auf dem Gare du Nord von ihr verabschiedet, und sie ist in den Zug gestiegen, leichtfüßig, energisch, beschwingt, als gebe es für sie beide niemals einen Abschied für lange Zeit, nur kleine Pausen, die für sie unwichtig sind, die nichts verändern können und nie etwas verändern werden. Ihr letzter Satz verläßt ihn nicht, ihr Optimismus. Sie hatte ihm aus dem Abteilfenster heraus die

Hand gereicht und gesagt: ›Bald bist du auch in Berlin. Ich bin sicher.‹

Für sie, er denkt es einen Augenblick, und es kommt ihm zugleich sentimental und dumm vor, würde er jede Grenze überwinden, auch wenn sie aus Feuer wäre. Er schließt die Augen und stellt sich das Bild vor: eine brennende Grenze und sie, Karoline, auf der einen Seite und er, Christian, auf der anderen. Lodernde Flammen, die wie zum Himmel schlagen, einem Waldbrand ähnlich, Feuer gelegt von reaktionären Brandstiftern. Nein, er kann nicht schlafen, nicht einmal träumen. Noch keine Minute, seitdem der Zug in Paris angefahren ist, hat er sich dem Schlaf überlassen. Seine Unruhe ist zu groß, seine Angst, seine Hoffnung, seine Sehnsucht. Er war nie nervös, doch jetzt erscheint es ihm, als hätte seine übergroße Nervosität alles um ihn herum erfaßt, die Reisenden, die er kaum wahrnimmt, die Bahnhöfe, die vorbeiziehen, die Wälder, die Wiesen, die winzigen Stücke des Horizonts, die er hin und wieder sieht, alles ist voller Spannung, unerträglich für ihn, eine Spannung, die ihn immer wieder aufspringen und hin und her laufen läßt, von einem Ende des Waggons zum anderen, in sein Abteil hinein und wieder hinaus.

Es ist ein langer Weg bis zur Grenze, er empfindet es so, ein Weg, der nicht enden will. Der Zug hält viel zu oft für ihn, auf jeder Station, er läßt sich Zeit, unendlich viel Zeit. Seine Gedanken verwirren sich, sie laufen bald vorwärts, bald zurück, in die jüngste Vergangenheit und in eine Zukunft, die er sich nicht vorstellen kann und doch vorstellen will. Und dann, überraschend schnell, verändert sich alles, er hat sie nicht erwartet, sie ist plötzlich da: die Grenze, seine Grenze. Und jetzt erscheint es ihm, als liefe alles davon, seine Unruhe, seine Nervosität, seine Angst. Er sieht sich selbst in seiner Abteilecke sitzen, dicht am Fenster, gelassen, unscheinbar, ein Reisender wie jeder andere. Er gibt seinen Paß her, zuerst dem französischen Beamten, dann den Deutschen, sie beachten ihn kaum, er muß keine Auskunft geben, keine Fragen beantworten, sie blättern nur in dem Paß herum, flüchtig, fast uninteressiert, sie vergleichen sein Gesicht mit dem Paßfoto darin und geben ihm den Paß zurück. Alles ist selbstverständlich, wie an jeder Grenze, nichts deutet darauf hin, daß man ihn, gerade ihn, hier erwartet hat, niemand sucht ihn, er scheint unwichtig zu sein. Und für einen kurzen Augenblick, eine Sekunde, nicht mehr, fühlt er sich übersehen, ein übersehener Gegner.

Doch kein Gefühl der Erleichterung stellt sich ein, auch nicht, als der Zug bereits nach Deutschland hineinfährt. Er sitzt in seiner Ecke, ein wenig überrascht, ein wenig gelähmt. Die ersten deutschen Bahnhöfe ziehen vorbei, er kennt sie nicht, doch ihre Namen klingen ihm vertraut. Allmählich nimmt er jede Veränderung wahr, die Veränderung der Landschaft, der Städte, der Dörfer, der Reisenden, die das Abteil verlassen und jener, die zusteigen. Erst nach zwei Stunden steht er auf, geht durch den Zug und betritt den Speisewagen. Er hat seit Paris nichts mehr gegessen, und er möchte doch gleich wieder zurückgehen, zurück in sein Abteil. Fast alle Tische sind von SA-Leuten besetzt, sie sitzen dicht nebeneinander, sie sind laut, lachen, benehmen sich ungehemmt, die Sieger von gestern und die Herren von heute, sie spielen Skat, dreschen auf die Tische, haben große Biertöpfe neben sich und schreien, wenn jemandem ein besonderes Spiel gelungen ist. Er sieht ihre erhitzten, rot angelaufenen Gesichter, ihre Nacken, einige haben ihre Uniformröcke abgelegt. Gleich, denkt er, werden sie singen, ihr Horst-Wessel-Lied oder ein anderes ihrer Kampflieder. Sie werden nicht singen, sondern gröhlen wie es ihre Art ist, denn alle scheinen ihm angetrunken zu sein.

Nein, dies ist nicht sein Land, in das er zurückgekehrt ist, es ist ein anderes, ein ihm fremdes Land, in das er schon nicht mehr gehört und vielleicht nie mehr gehören wird. Er sitzt allein an einem Tisch, der noch frei ist, sieht und hört den SA-Leuten zu, als müsse er seine eigenen Reaktionen darauf beobachten und auch den Widerwillen, der in ihm bis zum Ekel wächst.

Es ist Abend, als der Zug in Berlin einläuft. Er weiß nicht mehr, wie er den Tag verbracht hat, wie die

Stunden vergangen sind. Er hat geschlafen in seinem Abteil, geträumt, immer war Karoline neben ihm in seinem Schlaf, in seinen Träumen, in seinem Wachsein. Er hat nur an sie gedacht und alles andere verdrängt, sein Unbehagen, seine Angst. Gleich wird sie vor ihm stehen, in wenigen Minuten, in Sekunden vielleicht. Sie hat ja alles vorbereitet und weiß, wann er ankommen muß. Sie wird dort stehen, auf dem Bahnsteig, und ihm entgegenlaufen. So stellt er es sich vor: Sie wird ihm entgegenlaufen.

Der Bahnhof ist wie jeder Bahnhof einer großen Stadt, nur für ihn ist er anders, es ist ein Bahnhof in Berlin, in seiner Stadt, in seinem Berlin. Die Gerüche sind andere, die Geräusche, die Luft ist eine andere, reiner, er glaubt es, besser als in Paris. Er steigt langsam aus, er will jede Sekunde des Wiedersehens genießen, er will sie auskosten, seine eigene Freude. Sie steht nicht weit von ihm entfernt, zwischen den Menschen, die den Bahnhof verlassen. Sie sehen sich beide gleichzeitig, aber sie läuft nicht auf ihn zu, sie steht dort und lacht, ihr Mund lacht, ihre Augen, ihr ganzes Gesicht, ja, es kommt ihm vor, als lache ihr ganzer Körper, als strahle er alles gleichzeitig aus: Staunen, Freude, Erleichterung. Nein, nicht sie läuft auf ihn zu, sondern er auf sie, es sind nur wenige Schritte bis zu ihr. Er läßt seinen Koffer neben dem Zug stehen und läuft, als müsse er schnell auch noch diese letzte

Distanz überwinden, die sie trennt. Er hält sie in seinen Armen, ihr Gesicht ist an seinem Gesicht, er sagt: »Karoline.« Er wiederholt es immer wieder: »Karoline.« Sie zittert ein wenig. Er möchte sie fragen: Warum zitterst du? Aber er weiß auch zugleich, daß es nur Freude ist und nichts anderes.
Sie sehen die vorbeigehenden Menschen nicht, sie vergessen die Zeit und stehen schon ganz allein auf dem Bahnsteig, als sie sagt: »Wir müssen gehen. Nimm deinen Koffer mit.«
Er nimmt seinen Koffer auf, und sie gehen den Bahnsteig hinunter, dem Ausgang zu. Er fragt: »Wohin gehen wir denn?« Und sie beginnt zu erzählen, von einem Zimmer, das sie in einer Pension gemietet habe, ein schönes Zimmer, eine gute Pension. Dort könnten sie leben, vielleicht für lange Zeit. »Dort brauchen wir uns nicht einmal anzumelden, ich glaube, dort hat man Verständnis für uns.« Sie ist wieder lebhaft, wie es ihre Art ist, sie spricht schnell und fast alles durcheinander: »Ich bin so froh, daß du da bist.« Oder: »Ich hatte solche Angst, daß du nicht durchkommst.« Oder: »Ich habe so sehr auf dich gewartet.« Und plötzlich, vor dem Bahnhof, bleibt sie stehen, sieht zu ihm auf und sagt: »Jetzt wird alles anders.«
Er begreift nicht ganz, was sie meint. Was soll anders werden? Es hat sich ja nichts geändert. Hier in Berlin wird sein Leben viel bedrohter sein als in Paris, unmittelbarer, gefahrvoller, körperlich be-

droht. In Paris war nur das allmähliche Absterben in Inaktivität, hier aber wird er auf Schritt und Tritt mit dem Nationalsozialismus zusammenstoßen, dem Gegner im eigenen Land. Er fragt sie nicht, er nimmt es hin, ohne lange zu überlegen, und steigt mit ihr in ein Taxi, das sie zu der bewußten Pension bringen soll.

Das Haus, vor dem das Taxi hält, ist alt, ein Haus aus der Gründerzeit. Er sieht die Fassade, die angedeutete Freitreppe, die Stukkaturen, ein sich anscheinend vornehm gebendes Haus. Er liest den Namen der Pension auf einem kleinen Glasschild. Alles kommt ihm überhöht vor, zu fein für ihn, der noch nie in einem solchen Haus gewohnt hat. Sie läuft vor ihm her, die Treppe hinauf, immer eine Stufe vorweg. Sie scheint ganz erfüllt von dem, was sie für ihn vorbereitet hat.

Die Pension ist im ersten Stock, und ihre Tür öffnet sich vor Karoline wie vor einem Zauberspruch, und ein Mädchen sagt: »Ach, sind Sie schon da.« Christian versteht nicht ganz, was vor sich geht, es geschieht alles ohne ihn. Schon wird ihm sein Koffer abgenommen und vor ihm hergetragen, und er geht hinterher, Karoline vor sich. Welch ein Empfang im Dritten Reich, möchte er sagen, aber er ist auch befangen, unsicher und spürt, daß er sich jetzt so geben muß, als gehöre er hierher, als sei alles selbstverständlich.

Das Mädchen öffnet eine Tür, und schon steht er in

einem Zimmer, von dem Karoline sagt, als das Mädchen hinter ihr die Tür geschlossen hat: »Dies gehört uns. Wie findest du es?«
»Wieso gehört es uns?«
»Ich habe es gemietet, hier können wir bleiben, hier fragt niemand, ob wir verheiratet sind oder nicht.«
Sie beginnt zu erzählen von der Pensionsmutter, mit der sie sich gut versteht, auch, daß sie hier schon seit drei Wochen wohnt. »Hier«, sagt sie, »lebt man anonym, niemand fragt nach dem anderen, niemand kümmert sich um einen.«
Sie spricht schnell, glücklich, lebhaft und geht dabei im Zimmer hin und her, bleibt vor dem Waschtisch, vor dem Bett, vor dem Spiegel stehen, als müsse sie ihm alles zeigen. Sie türmt vor dem Spiegel mit beiden Händen ihre lockigen, kastanienbraunen Haare hoch, und er sieht sie in dem Spiegel so stehen. Er hat sich auf die Couch fallen lassen, die gegenüber an der Wand steht, und plötzlich beginnt er zu lachen, es ist, als falle alles von ihm ab, was ihn bedrückt hat: die Furcht vor dem Leben hier, das Unbehagen, das ihn von Paris bis in dieses Zimmer begleitet hat. Hier also werden sie beide leben, in diesem Versteck, und für einen Augenblick kommt es ihm wie ein Versteck vor, ein schönes, ein vornehmes Versteck. Er denkt: Karoline versteckt Christian. Es amüsiert, es belustigt ihn, er möchte es aussprechen, aber es würde vielleicht ironisch klingen, und er will sie in ihrer

Freude nicht kränken. So sagt er nur: »Das hast du gut gemacht«, und fügt nach einer Weile »wunderbar« hinzu. Und jetzt sitzt sie vor ihm, zu seinen Füßen, auf dem Teppich, den Kopf auf seinen Knien und sieht zu ihm auf. »Freust du dich?« Ja, er freut sich, er bestätigt es ihr, ohne zu antworten, seine Hände streichen über ihre Haare hin, die für ihn wieder elektrisch sind, sie knistern, so glaubt er, bis in seine Fingerspitzen hinein. Er fühlt sich zu Hause in diesem Augenblick, so, als sei er von einer langen Reise zurückgekommen. Er könnte immerfort ›Karoline‹ sagen, ›Karoline, Karoline‹. Er flüstert es, einmal und auch ein zweites Mal, und sie antwortet nicht, sie schweigt, den Kopf auf seinen Knien, und jetzt ist es ganz still in dem Zimmer, kein Laut kommt vom Korridor herein, an dem das Zimmer liegt, kein Laut von der Straße. Er weiß nicht, wieviel Zeit vergangen ist, wie lange er schon hier mit ihr gesessen hat, als sie plötzlich den Kopf hebt und sagt: »Komm, laß uns essen gehen.«

Sie springt auf, und gleich ist wieder alles wirbelig um sie, voller Spannung und Elastizität. Sie läuft hin und her, wirft sich auf das Bett, bleibt vor dem Waschtisch stehen, sieht sich in dem großen Spiegel des Kleiderschranks an und spricht von dem Lokal, das gleich gegenüber ist, ein kleines Lokal, nichts Besonderes, dort könne man schnell essen und gleich wieder zurückgehen, dort ginge sie immer essen. Er könne sich ja erst waschen, sagt sie,

aber umziehen müsse er sich nicht, das sei nicht notwendig.
Sie sitzt auf dem Bett, während er sich wäscht, sie sieht ihm zu, als müsse sie sich jede seiner Bewegungen einprägen, als sei alles ganz neu für sie. Ununterbrochen erzählt sie dabei von der Universität, an der sich so viel verändert hat, von ihrer Begegnung mit ehemaligen Freunden. Er fragt nach den Nationalsozialisten, und sie antwortet: »Die sind überall, aber es gibt auch andere, auch an der Universität. Gott sei Dank.«
Sie hat sich schon zurechtgefunden, weiß anscheinend, wem sie vertrauen kann und wem nicht, hat sich arrangiert. Er möchte es so bezeichnen ›arrangiert‹, aber er sagt es nicht, und als sie sagt: »Bist du soweit?«, geht er hinter ihr her hinaus, den Korridor entlang. Sie kommen durch ein sogenanntes Berliner Zimmer, und der Korridor setzt sich erst am Ende dieses Zimmers fort. Es ist ein großes Zimmer mit Sitzecken, Ledersofas, Kaffeetischen, es dient anscheinend der Unterhaltung, den Pensionsgästen zum Verweilen. Ein Mann in Uniform kommt ihnen entgegen, schlank, groß, elegant, sein Uniformrock ist von einem hellen Braun, das Zeichen eines höheren Ranges, er trägt Reithosen und Reitstiefel, alles in Hellbraun. Karoline grüßt ihn mit einem leichten Neigen des Kopfes, es sieht herablassend, fast majestätisch aus. Christian hat es noch nie bei ihr gesehen, sie muß es sich hier in

dieser Pension in den drei Wochen angewöhnt haben. Der Mann hebt nicht den Arm, sagt nicht ›Heil Hitler‹, was Christian erwartet hat, sondern nur: »Guten Abend, Fräulein Karoline.« Und erst als sie in dem kleinen, etwas armseligen Speiselokal gleich auf der anderen Straßenseite sitzen, fragt er: »Warum hat dich dieser Mann ›Fräulein Karoline‹ genannt?« Und sie lacht ein wenig auf, so, als habe sie ihn bei einer Eifersucht ertappt, und antwortet: »Die Pensionsmutter nennt mich so, sie sagt immer ›Fräulein Karoline‹ und stellt mich auch so vor, und so weiß niemand, wie ich wirklich heiße. Ich bin eben Fräulein Karoline. Findest du das schlimm?«

Nein, er findet es nicht schlimm, es ist ein Versteckspiel, und er weiß nicht genau, ob sie es bewußt oder unbewußt betreibt. Er sagt: »Was war das für ein Mann?«

»Ich kenne seinen Namen nicht, ich glaube, er ist so etwas wie ein Standartenführer oder Hauptsturmführer oder wie man das nennt, irgend so etwas ist er.«

Sie sagt es gleichgültig, mit einem wegwerfenden, fast verächtlichen Gesichtsausdruck, und dann lacht sie wieder. Es ist das Lachen, das er liebt, er könnte es spitzbübisch, schelmisch nennen, aber er mag diese Bezeichnung nicht, diese Worte, er nennt es ironisch, doch das ist nur halb wahr. Ihre Hand kommt über den Tisch, legt sich auf die seine und

hält sie fest, und ihr Lachen erstirbt so plötzlich, wie es gekommen ist. Sie sagt: »Mich interessieren keine anderen Männer, nicht im geringsten. Das weißt du genau.«
Ja, er weiß es oder er glaubt es zu wissen. Für einen Augenblick fühlt er sich unverstanden, das hat er nicht gemeint, das nicht, ihn interessiert nicht der Mann, den sie in der Pension getroffen haben, sondern die Uniform und jetzt auch die Pension. Er schüttelt den Kopf: »Das meine ich nicht. Der Mann ist mir gleichgültig. Ich möchte nur wissen, wohnen dort noch mehr solche Leute?«
Sie nimmt ihre Hand von der seinen, sieht ihn an, als habe sie ihm etwas verschwiegen und müsse es ihm nun mitteilen, und antwortet: »Ich weiß es nicht genau, doch das weiß ich: Dort wohnen auch Parteileute, höhere anscheinend, und Reichstagsabgeordnete, die kommen von irgendwoher aus der Provinz und verschwinden nach ein paar Tagen wieder. Die meisten kenne ich nicht, und für die wenigen, die dort ständig wohnen, bin ich das Fräulein Karoline.«
Ihre Antwort beunruhigt und belustigt ihn zugleich. Er sagt: »Mein Fräulein Karoline, mein liebes Fräulein Karoline.« Es klingt liebevoll und spöttisch, doch sie geht auf seinen Spott nicht ein, und während er denkt: Was soll ich in einer solchen Pension?, beginnt sie von Paris zu sprechen, von seinen letzten drei Wochen dort. Sie fragt nach

ihren Freunden, nach Alex Smirnoff und den anderen, und er erzählt von seinem einsamen Leben ohne sie. Er sagt: »Ja, da wäre ich wohl zugrunde gegangen. Ich gehöre dort nicht hin und hier gehöre ich wohl auch nicht mehr hin. Vielleicht hätte ich doch nicht zurückkommen dürfen.«
Sie widerspricht ihm, sie sagt nicht: Hier bist du bei mir, wir beide zusammen werden schon durchkommen, wie er es erwartet hat, sondern: »Hier ist alles ungewiß, jede Zukunft, also auch die unsrige.« Sie spricht es aus wie eine Feststellung, eine Erfahrung dieser drei Wochen, in denen sie allein war, und er nimmt es hin, die Ungewißheit, die für ihn gefahrvoll ist und vielleicht tödlich werden kann. Er sagt: »Ach, weißt du, ich bin froh, daß ich hier bin, und ich bin es auch nicht. Es ist ein seltsames Gefühl.«
»Aber du hast dich doch gefreut?«
»Ja, natürlich, auf dich, nur auf dich.«
Sie erzählt von den letzten Tagen hier, von ihrer Unruhe, ihrer Sorge, ihrer Freude, nur die Pension erwähnt sie nicht mehr. Sie erzählt alles durcheinander, springt bald hierhin, bald dorthin, erzählt von alten Freunden, die sie getroffen hat, sie hätten sich alle nicht verändert, keiner von ihnen sei zu den Nationalsozialisten übergelaufen.
Ihre Unruhe, ihre innere Spannung springt auch auf ihn über, ihre Freude ist unmittelbar, sie erfaßt auch ihn, überwältigt ihn, er beachtet das Essen kaum, und sie scheint es ganz zu übersehen, und

dann springt sie auf und sagt: »Komm, laß uns gehen.«
Sie verlassen das Speiselokal, gehen hinaus, über die Straße, wieder auf die Pension zu. Alles kommt ihm wieder zu elegant, zu luxuriös vor, es ist nicht seine Welt, es macht ihn befangen. Sie betreten das große Berliner Zimmer, durch das sie hindurch müssen, um in ihr Zimmer zu kommen. Er erschrickt. In einer Ecke des Zimmers sitzt eine große Männerrunde, auf zusammengeschobenen Ledersesseln, auf einem Ledersofa. Er sieht Parteiuniformen, SA-Uniformen, Militäruniformen, er kennt die Ränge nicht, aber sie sehen alle aus, als gehörten sie der Elite des neuen Staates an. Befangen geht er hinter Karoline her, und sie neigt wieder den Kopf wie vorhin, graziös, liebenswürdig, etwas lächelnd, und einige nicken zurück. Niemand sagt ›Fräulein Karoline‹ zu ihr, und er geht hinter ihr her wie ein Schatten von ihr, der keine Beachtung findet.
Betroffen läßt er sich in ihrem Zimmer auf die Couch fallen, bleibt dort für einen Moment sitzen, den Kopf in die Hände gestützt, und sagt: »Mein Gott, Karoline, hier kann ich doch nicht bleiben. Das ist doch unmöglich.« Sie antwortet nicht, sie scheint ganz mit sich beschäftigt, sie wirft ihre Kleider ab, zieht sich die Strümpfe aus, kramt aus dem Wäscheschrank ein Nachthemd heraus und geht an den Waschtisch. Nein, sie kümmert sich

nicht um ihn, nicht um das, was er gesagt hat, nicht um seine wieder aufbrechende Angst, sie zieht sich ihr Nachthemd über, steht vor dem Spiegel und wirbelt ihre Haare hoch, ihre kastanienbraunen, elektrischen, langen Haare, und erst jetzt, so vor dem Spiegel stehend, nimmt er sie wahr, ist ihm, als sehe er sie so zum ersten Mal, ja, als habe er sie noch nie so gesehen. Plötzlich dreht sie sich um und sieht ihn an. »Hier bist du sicher, hier sind wir sicher, sicherer als an jedem anderen Ort dieser Stadt, glaub es mir.«

Noch einmal, spät in der Nacht, neben ihm und auf dem Rücken liegend, die Hände hinter dem Kopf verschränkt, kommt sie darauf zurück und sagt, langsam und nachdenklich: »Die können sich gar nicht vorstellen, daß ein Gegner unter ihnen lebt, einer, der sie haßt, einer, der sie bekämpft oder bekämpfen will. Dazu sind sie viel zu überzeugt von sich, viel zu borniert, ja, borniert, das sind sie.«

Das Taxi fährt aus der weiträumigen Stadt hinaus, die Häuser werden flacher, niedriger, die Gärten größer. Oft sind nur die Gärten zu erkennen, aber er nimmt es kaum wahr. Karoline sitzt neben ihm, sie hat ihre Hand auf die seine gelegt, eine Geste der Zusammengehörigkeit, er empfindet es so, ein Gefühl der Gemeinsamkeit, das es vielleicht immer gegeben hat. Sie schweigen, als hätten sie schon zuviel geredet, als sei die Vergangenheit an diesem Tag allzu lebendig geworden, eine Vergangenheit, die für ihn weit entfernt und längst verblaßt war. Jetzt hat diese Vergangenheit sie eingeholt, ungewollt und unversehens.

Das Taxi hält vor der Friedhofskapelle, sie steigen aus, und gehen neben der Kapelle, in der sie sich am Vormittag von Philipp verabschiedet haben, in den offenen, sich weit ausdehnenden Garten hinein, auf einem breiten, steinigen Kiesweg, an halbhohen Bäumen und großen Wiesen vorbei. Der Ostwind, der am Vormittag vom Meer herüberkam, hat sich ganz gelegt, noch ist die Nacht nicht angebrochen, eine blasse Mondsichel hängt weit entfernt am östlichen Himmel.

Sie gehen dicht nebeneinander, als belaste sie die sie umgebende große Stille, als flöße sie ihnen Angst ein. Nur einmal bleibt Karoline stehen und sagt: »Hättest du gedacht, daß einmal alles so kommen würde?« Und er antwortet: »Nein, wie hätte ich das denken können.« Dann beginnt sie wieder von der nationalsozialistischen Pension zu sprechen, so, als könne sie damit die Stille und diesen Gang zu Philipps Grab verdrängen.

»Weißt du, ich erinnere mich nicht, ob ich das damals wirklich gesagt habe. Es ist ja fast fünfzig Jahre her, und wie soll man da noch wissen, was man gesagt hat, aber sicher habe ich es gedacht. Und haben wir da nicht jahrelang gelebt? Immer war alles unsicher, natürlich, aber von heute aus gesehen warst du dort damals in Sicherheit.«

Es war eine sehr bedingte und fragwürdige Sicherheit. Auf diesem Friedhof, in dieser beginnenden Nacht, in der großen Stille, werden alle Bilder der Vergangenheit lebendiger, plastischer, unmittelbarer. Es kommt ihm vor, als sähe er sich selbst: an einem Abend dort in der Pension, seine Freunde in seinem Zimmer, Gespräche über Widerstand, Umsturz, Hoffnungen, Illusionen, und nebenan in dem großen Berliner Zimmer ein Gauleiter zu Besuch, umgeben von hohen Parteifunktionären. Solche und andere Situationen sind

ihm plötzlich gegenwärtig, als hätten sie sich gestern ereignet.
Der Weg ist weit bis zu Philipps Grab, und er denkt: Vielleicht verlaufen wir uns, wie sollen wir in diesen weiten Wiesen das Grab wiederfinden? Aber Karoline scheint sich jeden Weg, jeden Baum eingeprägt zu haben. Sie geht schnell, sicher; jeder Schritt bringt sie näher zu Philipps Grab, und Christian spürt, wie ihre gemeinsame Vergangenheit wieder von ihr abfällt, sich auflöst und so schnell in Vergessenheit gerät, wie sie an diesem Tag gekommen ist. Nun ist nur noch Philipp da, sein jüngster Bruder, ihr Mann, und er sagt, was er eigentlich nicht sagen will: »Du hast ihn sehr geliebt, den Philipp?«
»Ja, natürlich, warum fragst du?«
»Es ist nur eine Frage«, antwortet er, »ich kann sie mir auch selbst beantworten.«
Er möchte wissen, ob sie seinen Bruder mehr geliebt hat als ihn, aber er weiß auch zugleich, wie unangebracht diese Frage ist. So spricht er nicht weiter, sondern geht schweigend neben ihr her, doch plötzlich und für ihn unerwartet, bleibt sie stehen und sagt:
»Ich weiß, was du wissen willst, ich kann es nur nicht beantworten. Vielleicht habe ich in Philipp dich geliebt und umgekehrt, vielleicht war Philipp in meiner Liebe zu dir, schon in den ersten Jahren, von Anfang an. Ich glaube, es war so.«

Er nickt nur, antwortet aber nicht. Es waren also nicht die Situationen, die Zufälle, der Krieg, ihre Trennung, die Flucht seines Bruders nach Schweden, nicht die Notwendigkeiten, das Zusammengeworfensein in den ersten Nachkriegsjahren, es war mehr, sehr viel mehr gewesen. Sie hatte Philipp immer geliebt, so wie sie ihn geliebt hatte, und vielleicht hatte die Liebe zu beiden schon begonnen, als sie sich kennenlernten, während der Hochzeit auf der kleinen Insel. Es sind Überlegungen, Vermutungen, er fragt sie nicht, auch sie wird es nicht genau beantworten können. Sie sprechen kaum noch miteinander, und je näher sie Philipps Grab kommen, um so stiller wird es um sie. Die große Stille wird noch stiller, es erscheint ihm so. Nur das Geräusch ihrer Schritte auf dem Kiesweg ist noch da, sonst kein Laut. Die halbhohen Bäume rechts und links scheinen eingeschlafen, und noch immer gehen sie beide dicht nebeneinander her, als suchten sie jeder einen Halt.
Karoline biegt sehr sicher in einen Nebenweg ein, als sei sie diesen Weg schon tausendmal gegangen, wie sie es vielleicht in Zukunft tun wird, und jetzt sieht auch er die unendlich große Wiese und die einsame Grabstelle gleich hinter einer niedrigen Hecke. Die Blumen liegen noch dort, die Kränze, sie liegen in weitem Kreis um die zugeschaufelte Grabstelle. Er nimmt den Geruch der frisch aufgeworfenen Erde wahr, es kommt ihm vor, als atme

die Wiese und als liefe der Pastor noch immer darüber hin wie am Vormittag.
Karoline tritt an das Grab, und er bleibt ein wenig zurück, ein paar Meter, ihr Schmerz ist nicht der seine, er weiß es. Sie steht dort, regungslos, lange, die Minuten vergehen, und er möchte ihr etwas sagen, etwas Tröstendes, irgend etwas, ein Wort des Mitleidens vielleicht, aber er findet es nicht. Er wartet, und er weiß nicht, wie lange er noch warten muß. Die beginnende Nacht breitet sich um sie aus, die Dunkelheit, und es kommt ihm vor, als laufe Karoline mit dem Toten in die Vergangenheit zurück, mit seinem Bruder Philipp, durch die vielen Jahre, die nicht mehr zurückkommen können.
Dann dreht sie sich um, fast abrupt, kommt ein paar Schritte näher, auf ihn zu, wieder elastisch, energisch und sagt: »Komm, laß uns gehen.« Keine Tränen sind in ihren Augen, in ihrem Gesicht, sie weint nicht, hat nicht geweint. Er möchte sie in seine Arme nehmen, möchte ihr sagen, wieviel ihm sein Bruder Philipp bedeutet hat, was sie ihm bedeutet, noch immer und mehr als sonst an diesem Tag, doch er nimmt nur ihren Arm und führt sie von der Wiese herunter, durch die niedrige Hecke und geht neben ihr her auf dem Kiesweg, auf dem sie gekommen sind, ohne ein Wort zu sagen, und auch sie schweigt, als sei nur das Schweigen in dieser Stille der halbhellen Nacht angebracht.
Erst als sie weit entfernt von Philipps Grab und fast

am Ende des Friedhofs angekommen sind, sagt er: »Und was willst du jetzt tun? Gehst du nach Deutschland zurück?«

»Nein«, antwortet sie, »daran habe ich nie gedacht. Ich bleibe hier, weil ich bei Philipp bleiben will. Ich kann mich nicht von ihm trennen, der Tod ist keine Trennung. Und ich bin Schwedin geworden, Christian, dies ist mein Land.«